文字學家的殷墟筆記

06 人生歷程與信仰篇

字字有來頭

ABOUT characters

國際甲骨文權威學者 **許進雄**
以其畢生之研究 傾囊相授

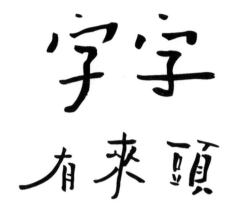

目次

推薦序　這是一部最可信賴的大眾文字學叢書　黃啟方　006

推薦序　中國文字故事多，《來頭》講古最精博！　何大安　012

各界推薦　這部書，是一座漢字文化基因庫　林世仁　016

自序　字的演變，有跡可循：淺談中國文字的融通性與共時性　020

特別收錄　博物館裡的「老玩童」，不做傳統的學者：專訪《字字有來頭》作者許進雄　莊勝涵　226

1 人生歷程　出生／029

生　031

孕　033

身　034

包　036

改　038

冥　041

育、毓　043

嘉　045

好　049

子　050

棄　052

帥　054

2

人生歷程 養育／057

乳 059
保 061
字 063
孔 066
游 068
如 069
老 070
孝 072
考 074
安 076

3

人生歷程 成人／079

夫 081
規 083
望 085
冠 087
妻 089
婦 091
歸 093

4 人生歷程 婚姻／097

婚（聞） 105
祖（且） 107
妣（匕） 110
父 112
母 113

每 115
敏 117
緐（繁） 118
姬 121

5 人生歷程 老、病、死／125

疾 127
宿 130
葬 133
夢 137
死 139

吝 142
文 143
鄰 145
還 147

6 死亡的概念與儀式／149

尸 152
㣲（微）161
弔 169
𣦼 170
叡（壑）171
主 174
文 175

7 人生信仰 祭祀鬼神／181

示 184
宗 186
帝 188
鬼 193
魅 196
粦 198
褮 199
舜 200
畏 202
異 203
兇 206
祭 208
燎 209
埋 211
沉 213
血 214
盟 216
岳 218
河 220
卜 221
占 224

推薦序

這是一部最可信賴的大眾文字學叢書

黃啟方（世新大學終身榮譽教授、前臺灣大學文學院院長、前國語日報社董事長）

文字的發明，是人類歷史上的大事，而中國文字的創造，尤其驚天地而動鬼神。《淮南子》就有「昔蒼頡作書，而天雨粟、鬼夜哭」的記載。現存最古早的中國文字，是用刀刻在龜甲獸骨上的甲骨文。

甲骨文是古代極有價值的文物，卻晚到十九世紀末（西元一八九九年）才發現。編成於西元一七一六年的《康熙字典》，比甲骨文出土時間早了一百八十三年，就已經有五萬多字了。

從東漢許慎把中國文字的創造歸納成「象形，指事，會意，形聲，轉注，假借」六個原則以後，歷代文字學家都據此對文字的字形、字音、字義努力做解釋。但是，由於文字的創造，關涉的問題非常多，許慎的六個原則，恐怕難以周全，所以當甲骨文出土後，歷來學者的解釋也就重新受到檢驗。當然，必須對甲骨文具有專精獨到的研究成就，才具備重新檢驗和重新詮釋的條件，而許進雄教授，就是當今最具有這種能力的學者。

許教授對文字的敏銳感，是他自己在無意中發現的。當他在書店的書架上隨興抽出清代學者王念孫的《廣雅疏證》翻閱時，竟立刻被吸引了，也就這麼一頭栽進了文字研究的天地，那時他正在準備考大學。

一九六〇年秋，他以第一名考進臺灣大學中文系；而當大部分同學都為二年級的必修課「文字學」傷腦筋時，他已經去旁聽高年級的「古文字學」和研究所的「甲骨學」了。

當年臺大中文系在這個領域的教授有李孝定、金祥恆、戴君仁、屈萬里幾位老師，都是一時碩儒，也都對這一位很特別的學生特別注意。許教授的第一篇學位論文《殷卜辭中五種祭祀的研究》，就是根據甲骨文字而研究殷商時代典禮制度的著作。他質疑董作賓教授與日本學者島邦男的理論，並提出殷商王位承傳的新譜系，讓文字學界刮目相看。然後，他又注意到並充分利用甲骨上的鑽鑿形態，完成《甲骨上鑽鑿型態的研究》，更是直接針對甲骨文字形成的基礎作探討，影響深遠，目前已經完全被甲骨學界接受，更經中國安陽博物苑甲骨展覽廳推尊為百年來對甲骨學具有貢獻的二十五名學者之一。

許教授於一九六八年獲得屈萬里老師推薦，獲聘為加拿大多倫多市皇家安大略博物館遠東部研究人員，負責整理該館所收藏的商代甲骨。由於表現突出，很快由研究助理、助理研究員、副研究員升為研究員。在博物館任職的二十幾年期間，親身參與中國文物的收藏與展覽活動，因此具備實際接觸中國古代文物的豐富經驗，這對他在中國文字學、中國古代社會學的專長，不僅有互補的作用，更有加成的效果。

談古文字，絕對不能沒有古代社會與古代文物研究的根柢，許教授治學兼容並蓄，博學而富創見。他透過對古文字字形的精確分析，解釋古文字的原始意義和它的演變，旁徵博引，都是極具啟發且有所依據的創見。許教授曾舉例說明：「介紹大汶口的象牙梳子時，就借用甲骨文的姬字談髮飾與貴族身分的關係；談到東周的蓮瓣蓋青銅酒壺時，就談蓋子的濾酒特殊設計；借金代觀世音菩薩彩繪木雕，介紹觀世音菩薩傳說和信仰。……」他在解釋「微」字時，藉由「微」字字形，從商代甲骨文、兩周金文、秦代小篆到現代楷書的變化，重新解釋許慎《說文解字》「微，眇也，隱行也」的意涵，而提出出人意表的說法：「微字原本意思應是『打殺眼瞎或病體微弱的老人』。古代喪俗。」而這種喪俗，直到近世仍存在於日本，有名的〈楢山節考〉就是探討這個習俗的日本電影。許教授的論述，充分顯現他在甲骨文字和古代社會史課題上的精闢與獨到。讀他的書，除了讚嘆，還是讚嘆！

許教授不論在大學授課或在網站發表文章，都極受歡迎。他曾應好友楊惠南教授鼓吹，在網路開闢「殷墟書卷」部落格，以「殷墟劍客」為筆名，隨興或依據網友要求，講解了一百三十三個字的原始創意與字形字義的演變，內容既廣泛，又寫得輕鬆有趣，獲得熱烈回響。

《字字有來頭》則是許教授最特別的著作，一則這部叢書事先經過有系統的設計，分為動物篇、戰爭與刑罰篇、日常生活篇、器物製造篇、人生歷程與信仰篇，讓讀者分門別類、有系統的認識古文字與古代生活的關係；再則這是國內首部跨文字學、人類學、社會學研究的大眾文字學叢書；三則作者是備受國內外推崇的文字學家，專論著作等身，卻能從學術殿堂走向讀者大眾，寫得特別淺顯有趣。這套叢書，內容經過嚴謹的學術研究、考證，而能雅俗共賞，必然能夠使中國文字的趣味面，被重新認識。許教授的學術造詣和成就，值得所有讀者信賴！

推薦序

中國文字故事多，《來頭》講古最精博！

何大安（中央研究院院士、語言學研究所前所長）

讀了《字字有來頭》這部書之後，我想用兩句簡單的話來概括我的體會。第一句是：**「中國文字故事多。」**

為什麼這麼說呢？這要從中國文字的特色說起。有人主張文字的演進，是由圖畫文字演進為表意文字，再由表意文字演進為表音文字。這是「起於圖畫、終於音聲」的一種見解，這種見解可以解釋某些拼音文字的演進歷程，自屬言而有據。不過，從負載訊息的質和量來說，這樣的文字除了「音」、以及因「音」而偶發的一些聯想之外，就沒有多餘的東西了。一旦發展到極致，成了絕對的符號，成了潔淨無文、純粹理性的編碼系統，這樣的文字，取消了文化積澱的一切痕跡，也就喪失了文明創造中最可寶貴的精華——人文性。這無異於買櫝還珠，也就不能不讓人感到萬分的可惜了。

好在中國文字不一樣，它不但擁有這種人文性，而且數千年來還在不斷的增長、生發。這種「增長的人文性」，源於中國文字的最大特點。這個特點，讀者未必想得到，那就是「方塊化」。

中國文字是方塊字。距今四五千年前，被公認為中國文字雛形的半坡、柳灣、大汶口等地的刻符，已經是縱橫有序、大小略等的「方塊字」了。而正因為是「方塊」，所以使他和其他的圖畫文字，如古埃及文字，從一開始，就走上了不同的演化道路。埃及文字是「成幅」表現的。「幅」中共組一圖的各個部件，沒有明確的獨立地位，只是零件。中國文字的「方塊」，則將原始圖畫中的部件抽象化，獨立出來。一個方塊字，就是一個自足的概念，一個表述的基本單位。古埃及文字中的零件，最終成為「詞」的很少，多半成了無意義的音符。中國文字中的每一個方塊，卻都成了一個個獨立自主的「詞」，有了自己的生命和歷史。所以「方塊化」是將「圖畫」進一步抽象的結果。從「具象」到「抽象」，從「形象思維」到「概念思維」，這是一種進步，一種文明程度的提升，一種人文性的展現。

所以，有多少中國字，就有多少最基本的概念。這是第一個「故事多」。中國字的傳承，經過幾千年的假借引申、孳乳派生，產生了概念和語義、語用上的種種變化。一個字，就有著一部自己的演變史；這是第二個「故事多」。

第三個多，就繫乎是誰講的故事了。《紅樓》故事多，那是曹雪芹所講。《聊齋》故事多，那是蒲松齡所講。中國文字反映了文化史，其關乎城闕都邑的，考古家能言之；關乎鐘鼎彝器的，冶鑄家能言之；關乎鳥獸蟲魚的，生物家能言之；關乎生老病死、占卜祭祀、禮樂教化的，醫家、民俗家、思想家能言之；但是集大成而盡精微，把中國文字講出最多故事來的又能是誰呢？在我讀過的同類作品中，只有《字字有來頭》的作者許進雄教授，足以當之。因此我有了第二句話，那就是：

《來頭》講古最精博！

各界推薦

這部書，是一座漢字文化基因庫

林世仁（兒童文學作家）

十幾年前，當我對甲骨文產生興趣時，有三本書讓我最驚艷。依出版序，是許進雄教授的《中國古代社會》、林西莉的《漢字王國》（臺版改名《漢字的故事》）、唐諾的《文字的故事》。這三本書各自打開了一個面向：《中國古代社會》將甲骨文與人類學結合，從「文字群」中架構出古代社會的文化樣貌；《漢字王國》讓甲骨文與影像結合，讓人從照片、圖象的對比中驚歎文字的創意；《文字的故事》則將甲骨文與散文結合，讓文字學沾染出文學的美感。

十幾年來，兩岸各種「說文解字」的新版本如泉湧出。但究其實，若不是「舊內容新編排」，就多是擠在《漢字王國》開通的路徑上。《文字的故事》尚有張大春《認得幾個字》另闢支線，《中國古代社會》則似乎未曾再見類似的作品。何以故？

因為這本書跳脫了文字學，兼融人類學、考古學，再佐以文獻、器物和考古資料，取徑既大，就不是一般人能踵繼其後的了。

這一次，許教授重新切換角度，直接以文字本身為主角，化成《字字有來頭》系列，全新和讀者見面。這一套六本書藉由「一冊一主題」，帶領讀者進入「一字一世界」，看見古人的造字智慧，也瞧見文字背後文化的光。

古人造字沒有留下說明書，後人「看字溯源」只能各憑本事。許教授勝過其他人的地方，在於他曾任職博物館，親手整理、拓印過甲骨。這使他跳出一般文字學者的訓詁框架，不會「只在古卷上考古」。博物館的視野，也使他有「小心求證」的能力與「大膽假設」的勇氣，後者是我最欽佩的地方。

例如他以甲骨的鑽鑿型態來為卜辭斷代，以甲骨文和犁的材質來論斷商代已有牛耕，以氣候變遷來解釋大象、犀牛、鷹等動物在中國絕跡的原因，認為「去」

的造字靈感是「出恭」，都讓人眼睛一亮。所以這套書便不會是陳規舊說，而是帶有「許氏特色」的文字書。

文字學不好懂，看甲骨文卻很有趣。人會長大，字也會長大。長大的字和小時候經常大不相同，例如「為」原來是人牽著大象鼻子，有作為的意思（大概是要去搬木頭吧）；「畜」竟然是動物的腸子和胃（因為我們平常吃的內臟都來自畜養的動物）；「函」的金文作，是倒放的箭放在密封的袋子裡（所以才引申出「包函」）……凡此種種，都讓人有「看見文字小時候」的驚喜與恍然大悟！

書裡，每一個字都羅列出甲骨文或金文的不同寫法，好像「字的素描本」。例如「鹿」，一群排排站，看著就好可愛！還有些字，楷書我們並不熟悉，甲骨文卻充滿趣味。例如「龏」幾乎沒人認得，它的金文卻魔幻極了——是「雙手捧著龍」啊！類似的字還不少，單是看著它們的甲骨文便是一種奇特的欣賞經驗。

這幾年，我也開始整理一些有趣的漢字介紹給小讀者。許教授的書一直是我的案頭書。雖然有些訓詁知識對我是「有字天書」，但都不妨礙我從中看到造字的創意與文化的趣味。

漢字，是中華文化的基因，《字字有來頭》系列堪稱是一座「面向大眾」的基因庫。陳寅恪曾說：「凡解釋一字，即是做一部文化史」，這套書恰好便是這句話的展演和示例。

自序

字的演變，有跡可循：淺談中國文字的融通性與共時性

自加拿大皇家安大略博物館退休後，返臺在大學中文系授課，其實已是半退休狀態，本以為從此可以吃喝玩樂，不必有什麼壓力了，不想好友黃啟方教授推薦我為《青春共和國》雜誌，每個月寫一篇專欄，介紹漢字的創意，對象是青少年學生。本來以為可以輕鬆應付，不料寫了幾篇以後，馮社長又建議我編寫同性質的一系列大眾文字學叢書，分門別類介紹古文字以及相關的社會背景。我曾經出版過《中國古代社會》，也是分章別類，探討古代中國社會的一些現象，兼介紹相關的古文字，可以以它為基礎，增補新材料，重新組合，大概可以符合期待，所以也就答應了。現在這套書已陸續完成，就借用這個機會來談中國文字的融通性與共時性，做為閱讀這套書的前導。

※ 本書所列古文字字形，序列均自左而右。

中國從很早的時候就有文字，開始是以竹簡為一般的書寫工具。但因為竹簡在地下難於長久保存，被發現時都腐蝕潰爛，所以目前所能見到的資料，都是屬於不易腐爛的質材，例如刻在晚商龜甲或肩胛骨上的甲骨文，以及少量燒鑄於青銅器上的銘文。由於甲骨文字的數量佔絕對多數，所以大家也以甲骨文泛稱商代的文字。商代甲骨文的重要性在於其時代早而數量又多，是探索漢字創意不可或缺的材料。同時，因為它們是商王室的占卜紀錄，包含很多商王個人以及治理國家時所面對的諸多問題，是關係商代最高政治決策的第一手珍貴歷史資料。

商代時期的甲骨文，字形的結構還著重於意念的表達，不拘泥於圖畫的繁簡、筆畫的多寡，或部位的安置等細節，所以字形的異體很多，如捕魚的漁字，甲骨文有水中游魚❶，釣線捕魚❷，撒網捕魚❸等多種的創意。又如生育的毓（育）字，甲骨文不但有兩個不同創意的

❶
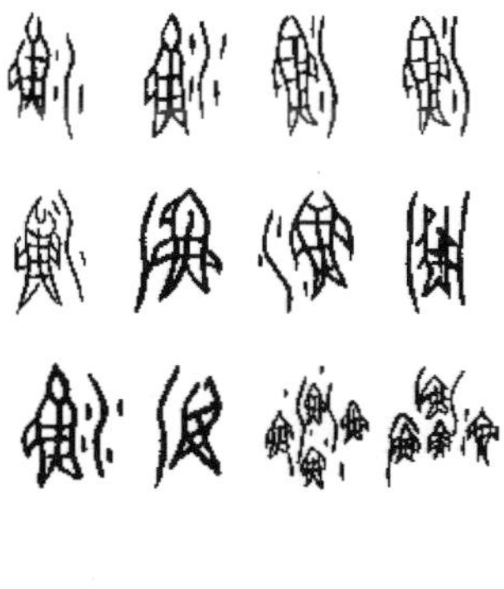

❷

❸

結構，一形是一位婦女產下帶有血水的嬰兒的情狀❹，一形是嬰兒已產出於子宮外的樣子。前一形的母親還有頭上插骨笄或不插骨笄的區別，甚至簡省至像是代表男性的人形，更有將生產者省去的，還有又添加一手拿著衣物以包裹新生嬰兒的情狀。至於嬰兒滑出子宮之外的字形，也有兩種位置上的變化。儘管毓（育）字有這麼多的變化，一旦了解到毓字的創意，也就同時對這些異體字有所認識。

又由於甲骨卜辭絕大部分是用刀契刻的，筆畫受刀勢操作的影響，圓形的筆畫往往被契刻成四角或多角的形狀，不若銅器上的銘文有很多圖畫的趣味性。如魚字，早期金文的字形就比甲骨文的字形逼真得多❺。商代時期的甲骨文字，由於是商王兩百多年間的占卜紀錄，使用的時機和地點是在限定範圍內，有專責的機構，所以每一個時期的書體特徵也比較容易把握，已建立起很嚴謹的斷代標準，不難

❹

❺

確定每一片卜辭的年代。這一點對於字形演化趨向，以及制度、習俗的演變等種種問題的探索，都非常方便而有益。

各個民族的語言一直都在慢慢變化著，使用拼音系統的文字，經常因為要反映語言的變化，而改變其拼寫方式，使得一種語言的古今不同階段，看起來好像是完全沒有關係的異質語文。音讀的變化不但表現在個別的詞彙上，有時也會改變語法的結構，使得同一種語言系統的各種方言，有時會差異得完全不能交流；沒有經過特殊訓練，根本無法讀得懂一百年前的文字。但是中國的漢字，儘管字與辭彙的音讀和外形也都起了相當的變化，卻不難讀懂幾千年以前的文獻，這就是漢字的特點之一。這種特性給予有志於探索古代中國文化者很大的方便。

西洋社會所以會走上拼音的途徑，應該是受到其語言性質的影響。西洋的語言屬於多音節的系統，用幾個簡單音節的組合就容易造出各個不同意義的辭彙。音節既多，可能的組合自然也就多樣，也就容易使用多變化的音節以表達精確的語意而不會產生誤會，這就是它們的優勢與方便之處。然而中國的語言，偏重於單音節，嘴巴所能發聲的音節是有限的，如果大量使用單音節的音標去表達意義，就不免經常遇到意義混淆的問題，所以自然發展成了今日表意的型式而沒有走上拼音的道路。

由於漢字不是用音標表達意義，所以字的形體變化不與語言的演變發生直接關係。譬如大字，先秦時侯讀若 dar，唐宋時候讀如 dai，而今日讀成 da。又如木字，先秦時候讀若 mewk，唐宋時候讀如 muk，今日則讀為 mu。至於字形，譬如昔日的昔，甲骨文有各種字形❻，表達大水為患的日子已經過去了；因為商代後期控制水患的技術已有所改善，水災已不是主要的災害了，所以用以表達過去的時態。

❻

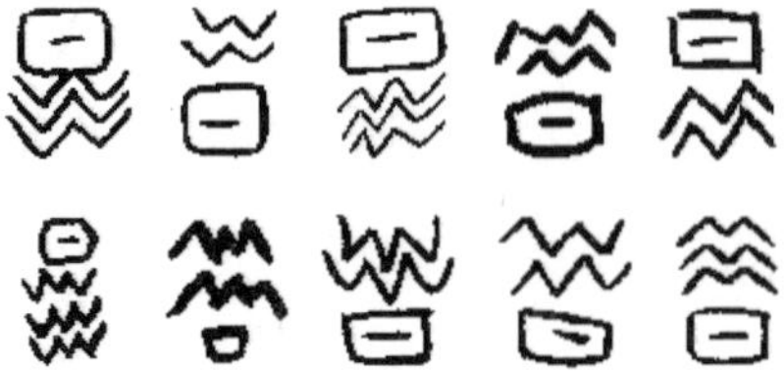

其後的周代金文，字形還有多種形象❼。秦代文字統一，小篆成固定的昔字形。漢代後更進一步改變筆勢成隸書、楷書等而成現在的昔字。幾千年來，漢字雖然已由圖畫般的象形文字演變成現在非常抽象化的結構，但是我們還是可以看到字形的演變是有跡可循的，稍加訓練就可以辨識了。

融通性與共時性，是漢字最大特色。一個漢字既包含了幾千年來字形的種種變化，也同時包含了幾千年來不同時代、不同地域的種種語音的內涵。只要稍加學習，我們不但可以通讀商代以來的三千多年文獻，還可以不管一個字在唐代怎麼念，也讀得懂他們所寫的詩文。同樣的，不同地區的方言雖不能夠相互交談，卻因其時代的文字形象是一致的，可以通過書寫的方式相互溝通。中國的疆域那麼廣大，地域又常為山川所隔絕，包含的種族也相當複雜，卻能夠融合成一個有共識、可辨識的團體，這種特殊的語文特性應該就是其重要因素。漢

❼

字看似非常繁複，不容易學習，其實它的創造有一定的規律，可以觸類旁通，有一貫的邏輯性，不必死記。尤其漢字的結構千變萬化，筆畫姿態優雅美麗，風格獨特，以致形成了評價很高的特有書法藝術，這些都不是拼音文字系統的文化所可比擬的。

世界各古老文明的表意文字，都可以讓我們了解那個時代的社會面貌。因為這些文字的圖畫性很重，不但告訴我們那時存在的動植物、使用的器物，也往往可以讓我們窺見創造文字時的構想，以及借以表達意義的事物信息。在追溯一個字的演變過程時，有時也可以看出一些古代器物的使用情況、風俗習慣、重要社會制度、價值觀念或工藝演進等等跡象。西洋的早期文字，因偏重以音節表達語言，以意象表達的字少，因而可用來探索古代社會動態的資料也少。中國由於語言的主體是單音節，為了避免同音詞之間的混淆，就想盡辦法通過圖象表達抽象的概念，多利用生活經驗和聯想來創造文字，因此，我們一旦了解一個字的創意，也就某種程度了解創字當時的社會背景與生活的經驗了。

1

人生歷程

出生

人們創造文字，方便日常生活；文字創造的首要任務之一，當然就是表達人生百態。生、老、病、死，是人類必經的人生歷程，不可避免，於是古人創造了有關「生、老、病、死」各個階段的文字。

古人的生命與健康，比現代人薄弱得多；如果能夠如青草般強韌，該有多好！商代的王，常有求生的問卜。古人知道生命有限，並不妄想長生，他們所希求的是新生命的誕生，而不是生命的延續。

「生」字的創字重點，在於生育與生產；引申意義包括新鮮的生命力、初始階段、尚未熟練的階段。

生 ㄕㄥ shēng

擁有生命、延續生命，都不是生物自身所能掌控的。一個種族能否壯大，生殖能力是不可忽略的因素。

甲骨文的生字❶，表現地上長出一株青草的樣子。青草的生命力很強韌，只要有一點點的根存在，經過嚴冬的蟄伏，一接觸到春天的氣息，就馬上生機蓬勃的茁長起來。

文字的演變趨向，常在豎直的線上加一個圓點，做為裝飾符號，這一圓點又變成橫的短畫，然後延伸至同樣的長度。金文的生❷，字形就完全表現這個歷程，由而，而而。《說文》：

❶

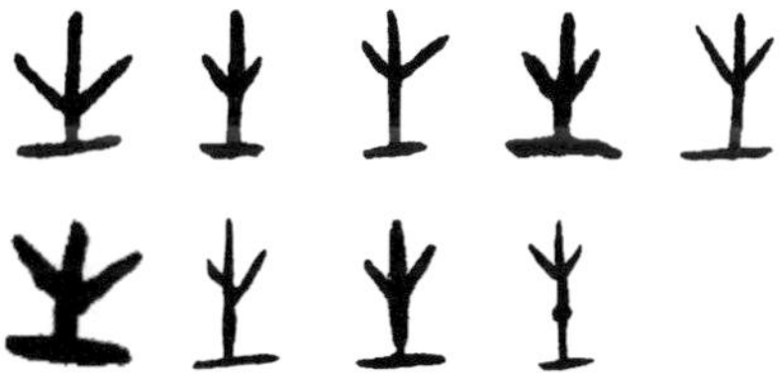

❷

「生，進也。象艸木生出土上。凡生之屬皆从生。」雖然字形已多出了一道橫畫，解釋還算正確。

孕 ㄩㄣˋ yùn

古人對於新生命誕生非常看重，一旦有了新生命的跡象，會向祖先的神靈懇求福祐順利生產，並格外小心，期使整個過程都很順利，因此需要有語言文字來表達這個過程。

甲骨文的孕字，表現出一個人肚子裡有一個已成形的孩子。古人應該很早就知道，女人停經是受孕的徵象之一。不過，初期的徵象不明顯，要等到肚子膨大，那就無可懷疑是懷孕了。所以甲骨文懷孕也稱為有身。

身 ㄕㄣ shēn

甲骨文的身字❶，一個人的腹部鼓起來的樣子。在甲骨文裡，身是得了疾病的部位之一，意義是腹部。女人懷孕到了某個階段，肚子就會明顯鼓脹起來，所以用「有身」表示有孕。

金文的身字❷，有兩個變化。一是肚子裡加一個小點，這是文字演變的常態，別無其他深意。一是腹下多一短橫畫，也是無特別用意的演變常態。

後來的字形多了一些身體形象以外的筆畫，所以許慎就誤判了。

❶

❷

《說文》：「身，躳也。从人，申省聲。凡身之屬皆从身。」誤會以為是形聲符號的申的省略。

包 ㄅㄠ bāo

與「身」、「孕」字形都接近的是包字，雖然沒有比較早期的字形，但是從小篆可以看出它的創意。《說文》：「，象人褱(ㄏㄨㄞˊ)妊，巳在中，象子未成形也。元气起於子。子，人所生也。男左行三十，女右行二十，俱立於巳，為夫婦。褱妊於巳，巳為子，十月而生。男起巳至寅，女起巳至申。故男秊始寅，女秊始申也。凡包之屬皆从包。」許慎解釋這個字是尚未成形的小孩在腹中的樣子，這部分說得非常正確；但是又附會解釋懷孕與十二干支的關係，就沒有必要了。

其實，包字所含的巳和干支的巳，原是不同形，兩者沒有關係。包字所含的巳作，干支的巳作。後來經過字形演變結果，才

使兩者成為同形。是胎兒尚未成熟成為人形的形象，這可以從改字推斷出來。

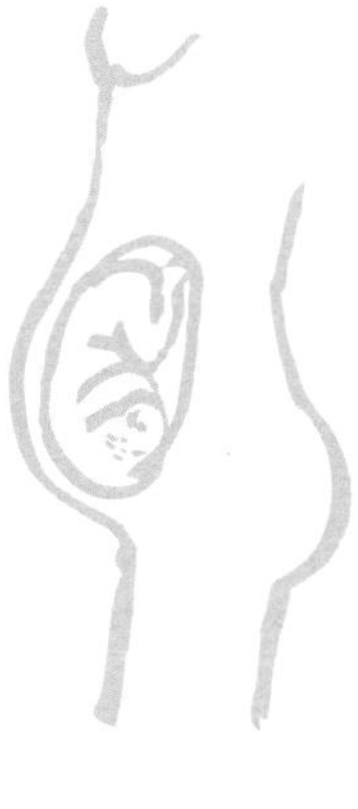

改 ㄍㄞˇ gǎi

甲骨文的改字❶，一隻手拿著一枝棍棒，槌打一個胎兒（沒有成形的小孩子）的景象。這種虐待死嬰的習俗，是一種甚為古老的習俗。

在很早的時代，社區隔絕，人們常近親交配，容易生出來畸形嬰兒。根據貴州、湖南、臺灣等地流傳的生命創造的神話：由於常有不正常的嬰兒誕生，人們就請求神靈幫助；神告訴人們，要把不成人形的肉球（胎兒）切成數塊加以搥打，甚至埋藏在眾人行走的地下讓眾人踐踏，驅逐其中的妖邪，以後才會生產正常的嬰兒，人類才得以繁殖。神話傳說也逐漸演變成這些地方的習俗。

❶

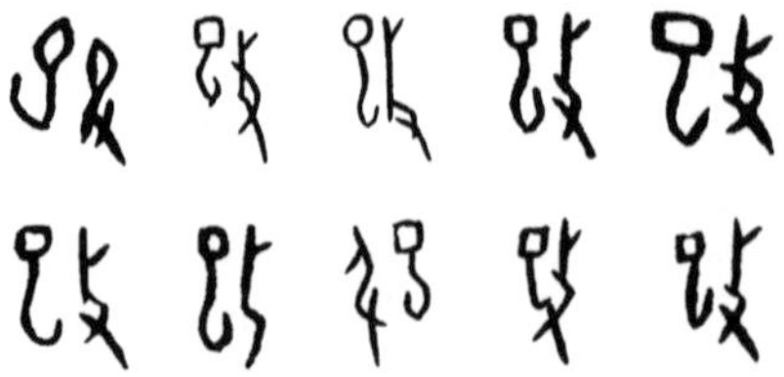

《說文》：「攺，絯股㱾（ㄍㄞˇ），大剛卯以逐鬼魅也。从攴，巳聲。讀若巳。」說明這個字的意義，是使用大剛卯（一種驅邪的道具）驅逐鬼魅。看來，應該就是源自於這類古老傳說。改字的創意是以棍棒槌打未成人形的胞胎，以驅逐邪氣的意思。顯然這是一個表意的字，不是形聲字。

另一個近似的改字，《說文》：「改，更也。从攴，己聲。」可能字形是改的分化。槌打了未成形的嬰兒以後，就可以改變不好的運勢而產下正常的嬰兒。

從改字可以推斷，包字中的巳字部分，是一個尚未成為人形的胞胎。包字原來的意義是胞胎，是腹中有胎兒，但尚未成為人形的形象。後來包字多使用為包裹的意義，所以又創造從肉包聲的胞字，加以區別。

甲骨文的地支第六個「巳」字，原先作❷等形，字形和子孫的子同形狀，可能是顧慮會產生誤會，金文的時代改為❸的形狀。所以，甲骨文的包字中的，與干支的「巳」是沒有關係的。

❷

❸

冥 ㄇㄧㄥˊ míng

懷孕階段，希望把嬰兒正常誕生下來；在商代使用冥字表示，意義與娩字相同。例如「婦好冥不其嘉？王占曰：『…不嘉。其嘉不吉。』于口，若茲，迺死。」（婦好的分娩不會得到佳好〔男孩〕的結果嗎？王檢視了兆紋的形象而判斷說：「不會有佳好〔男嬰〕的結果。如果是佳好〔男嬰〕的話，就會是不吉祥的。」）（合集 14001）果然，在某日分娩了，但結果正如兆象所預示的，嬰兒死亡了。

從冥字的使用意義，結合字形來考察，甲骨文的冥字❶，表現兩隻手往外掰開某物（應是子宮），讓胎兒順利生產出來。冥字還有黑暗的意義，有可能因為古代醫學不發達，難產事件較多，人們害怕有

❶

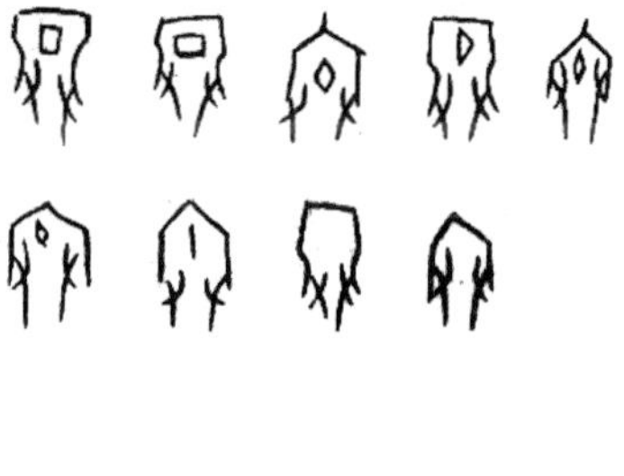

妖邪之氣入侵產房導致不能順產，所以有在暗房生產嬰兒的習慣，產房也因而稱為暗房。臺灣以前也是如此。冥字後來也就使用於與黑暗有關的意義，而本義就被形聲字娩所取代，冥的字形也漸漸有了一些訛變。

《說文》：「，窈也。从日、六，从冖。日數十，十六日而月始虧冥也。凡冥之屬皆从冥。」甲骨文圓形的胎兒形象，增多一點而變成日形，所以許慎以為這個字是在表達「月亮第十六日以後，月光愈來愈暗淡」的意思，完全不明白冥字的創意與生產嬰兒有關。

育 ㄩˋ yù、毓 ㄩˋ yù

分娩的下一個階段，是安全產下嬰兒的育（毓）字。甲骨文的育字有兩個字形：第一個字形❶，雖然多樣，但是主要都在表現一位半蹲站的婦女，她的身子下面產下一個倒栽的小孩子，而孩子的四周還伴隨著羊水，這是生小孩的情況。

書寫時，有時把婦女形象寫成了人，有時把羊水省略。而最繁複的字形是，還增加一隻手拿著一件衣服，即將包裹剛出生的小兒的樣子。這個字形後來成為毓字。

❶

另一個字形，應該是表現小孩子出生了，已經滑出子宮的樣子。

金文只有第一個字形❷。《說文》卻保留了兩個字形：「，養子使作善也。从去，肉聲。虞書曰：教育子。，育或从每。」第一個育字就是甲骨文的第二個字形，或文的毓，就是很常見的甲骨文的第一個字形。

現在這兩個字的使用，育字偏重養育、教育的教養過程；毓字則著重於讚美母親扶養子女的辛勞偉大。

❷

嘉 ㄐㄧㄚ jiā

《孟子．離婁》有「不孝有三，無後為大」的話，可見古人認為沒有子孫延續家業，是嚴重的缺憾，這也是所有民族共有的傳統觀念。所謂的子，在較早的母系氏族社會，很可能只有女兒才被認為是家族的真正延續者。但是在中國，自有文字記載以來，就是父系社會，重男輕女，以男孩來計算家族子息成員。這種觀念在商代的卜辭表現得很明顯。

商代王室非常重視生產結果，一旦知道懷孕以後，就急著占卜生男或生女的可能結果。

例如卜辭說：「甲申卜，某貞：婦好娩嘉？王占曰：『其唯丁娩嘉，其唯庚娩弘吉。』三旬有一日甲寅娩，不嘉唯女。」（甲申日舉行占卜，貞人某提問這樣的問題，婦好的分娩會是嘉美的男孩嗎？王檢驗兆象而判斷說，如果是在丁日分娩，將會是嘉美的男孩。如果是在庚日分娩的，就會一切順利。結果在三十一天以後的甲寅日分娩，生下來的是不嘉美的女孩。）（合集 14002）。

再舉一例：「辛未卜，某貞：婦某娩嘉？王占曰：『其唯庚娩嘉。』庚戌娩嘉。三月。」（辛未日舉行占卜，貞人某提問這樣的問題，婦某的分娩會是嘉美的男孩嗎？王檢驗兆象而判斷說，如果是在庚日分娩的話將會是嘉美的男孩。果然，在庚戌日分娩而產下嘉美的男孩。時間在第三月。）（合集 454）

「婦」是商王族的女兒嫁到其他方國的名號。為什麼商王那麼關心這些婦女產下的是男嬰還是女嬰呢？因為商代是父系社會，權位經由男性繼承。如果嫁出去的女兒產下了男嬰，就有可能繼承該國的權位，自己女兒的地位就比較鞏固，兩國的聯盟關係也會比較可靠。如果是自己妻子生產，不管是男是女，就沒有權位能不能鞏固的憂慮，所以就比較不關心，不會老早就想探明這一胎是男是女。

甲骨文的嘉字❶，由兩個構件組合，女與力。力是一把簡單的挖土工具的樣子，是男子從事農業的工具，不是女子使用的工具。嘉字的女與力的組合，表達一位女性擁有一把耒耜（ㄌㄟˇ ㄙˋ）。由於耒耜不是女子使用的工具，所以這個字是在婉轉表達一名婦女擁有一個可以使用耒耜工作的兒子。由於男性才能繼承家業，所以婦女產下男孩子是美好的事，值得稱讚、高興，所以有嘉美的意義。

到了金文的時代，這個字起了很大變化❷。可能是因為甲骨文字

❶

❷

形的創意不容易理解，所以女的部分被刪除了，以喜悅的喜字取代。

甲骨文的喜字❸，以鼓壴與口的組合，大概是表達高興的時候以打鼓和唱歌來慶祝。字形結構很清楚，所以金文以來的字形基本就不變了❹。《說文》：「喜，樂也。从壴、从口。凡喜之屬皆从喜。歖，古文喜从欠。」

金文的嘉字，其中一形，是把鼓的形狀給省略了。除了以喜字替代女字之外，力字也加上一隻手把握住。不過，到了小篆，這隻手就被省略了。《說文》：「嘉，美也。从壴，加聲。」以為是形聲字。從甲骨文以來的字形變化，知道嘉是個象意字，與婦女的生育有關。

❸

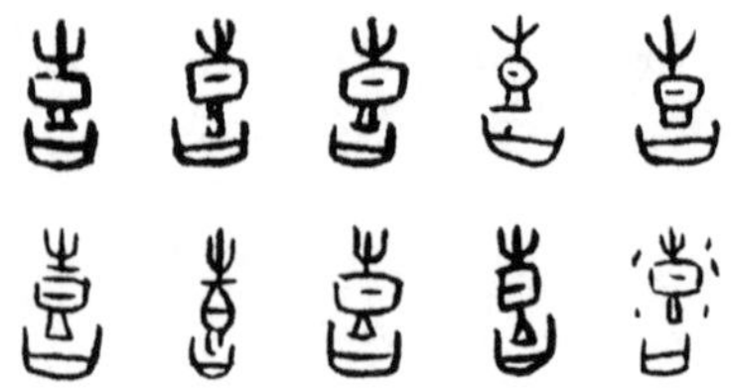

❹

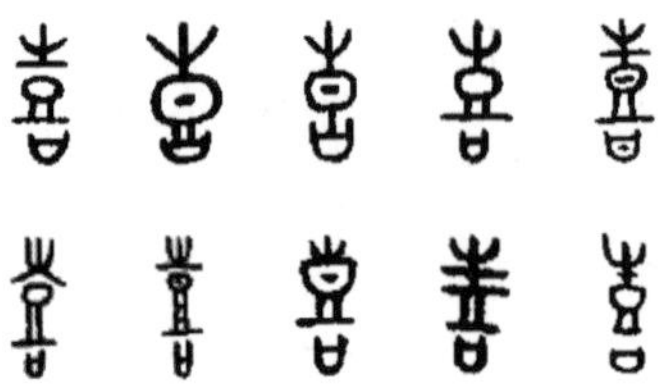

好 ㄏㄠˇ hǎo

好字和嘉字結構相似。甲骨文好字❶，一名婦女抱著一個男孩子的樣子，應該也是表達婦女擁有兒子是值得慶賀的好事。只是在卜辭裡，「婦好」是一個友國的名稱，好字並沒有做為嘉好的意義。

在金文的時代❷，就有了美好的意義了。《說文》：「，媄也。从女、子。」但沒有解釋為何女與子會有美好的意思。

❶

❷

子 ㄗˇ zǐ

甲骨文的子字，大致可以分為兩個系統。第一個系統的字形❶，應該是表現嬰兒的階段。

嬰兒頭部的尺寸比例，比起成人的顯得大很多，所以就以有稀疏頭髮的頭和兩隻腳來表達。頭部中間的交叉線條，表示小孩子的頭囟還是軟的，沒有完全長成。後來簡省筆畫就慢慢成了，難以看出原來的創意了。這個字形主要做為干支紀日的子。

第二個系統❷，大概表現嬰兒已經比較大了，身子已長成，所以畫出全身，有手有腳的樣子。這時候，出生時的胎毛也已經剃除，所

❶

❷

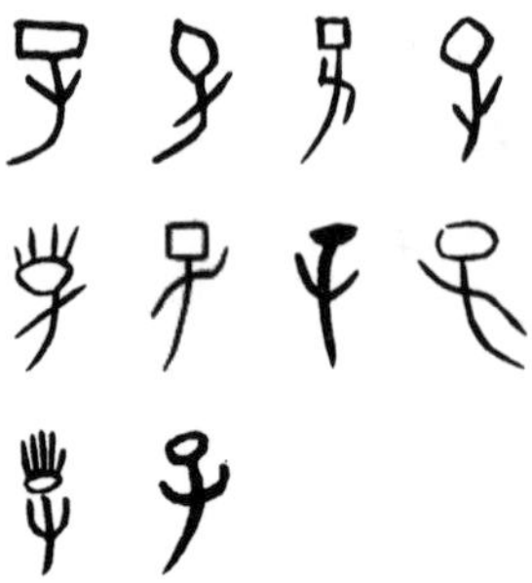

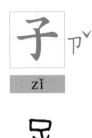

以大都是沒有頭髮的樣子。這個字表現的是所有男與女孩的形象，但因為重男輕女的風俗，實際都是用來代表男孩。

金文也保持這兩個系統的字形❸。《說文》：「子，十一月易氣動，萬物滋，人以為偁。象形。凡子之屬皆从子。，古文子。从巛ㄔㄨㄢ，象髮也。，籀文子。囟有髮，在几上也。」解釋籀文的字形，即甲骨文的第一系統；但把兩隻腳說成是矮几，這就不對了。

❸

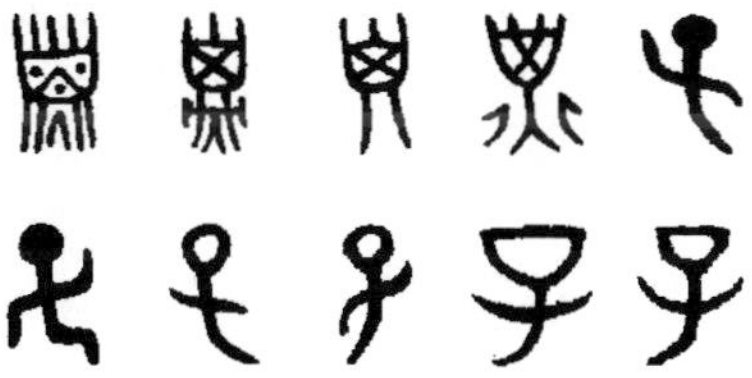

棄 ㄑㄧˋ qì

我們從卜辭知道，商代的人渴望生育，尤其是渴望生育男孩子；但是從文字卻看到有丟棄男孩子的事件。甲骨文的棄字，兩隻手捧著一個簸箕，簸箕裡有一個小男孩，男孩四周還有血水點滴的樣子。古代醫學不發達，新生兒死亡機率很高。前文所引用的甲骨卜辭，明確說明那次出生的嬰兒死亡。可以想見這個剛生下來的小孩，沒有辦法保住生命，所以要放在簸箕裡丟棄。

但是另一個甲骨字形，竟然在雙手捧著的簸箕旁邊，還有兩隻手各拿著繩子的一端，這是表示絞殺的動作。看來，所丟棄的其實不是死嬰。

古代殺嬰的原因可能有幾種。有時候生下雙胞或甚至三胞胎，母親的奶汁不夠餵養所有的嬰兒，只好選擇比較不健康的或女嬰丟棄。或有時未婚生子，為了家族名譽，只得把嬰兒殺死。或有可能因為個人經濟不充裕，而選擇殺嬰的下策。既然是以丟棄嬰兒做為「棄」字的創意，應該不會是罕見的事例。最可能的原因是當時醫學水平不高，多有新生兒致死的事故。也說明創造改字的社會背景是常有死嬰的時代。

《說文》：「，捐也。从廾推苹棄也。从𠫓。𠫓，逆子也。，古文棄。，籀文棄。」篆文的字形，基本與甲骨文相同，雙手拋棄簸箕裡的有血水的男嬰狀。籀文字形則是省略了血水。古文字形則是又省略了簸箕，使用雙手拋棄嬰兒的形狀。

帥 ㄕㄨㄞˋ shuài

古人為了避免產前與產後受到妖邪氣氛影響，確保生產成功，產房盡量不讓非必要的人進入。但是又想早一點知道嬰兒的性別，所以各民族各有表達方式。中國的習俗也表現在文字上。

金文的帥字❶，是一個門戶和一條手巾的組合。甲骨文的門字❷，本來是兩扇對立的戶形，但因早期中國文字是書寫在竹簡上，竹簡窄，寬度不足以讓多構件的字形朝橫向舒展，所以常把一部分構件豎的堆疊起來，使有足夠空間容納所有的構件。帥字就是把橫擺的兩扇戶，豎堆起來成為，整個字形表達的是一條手巾懸掛在門的右邊。

❶

❷

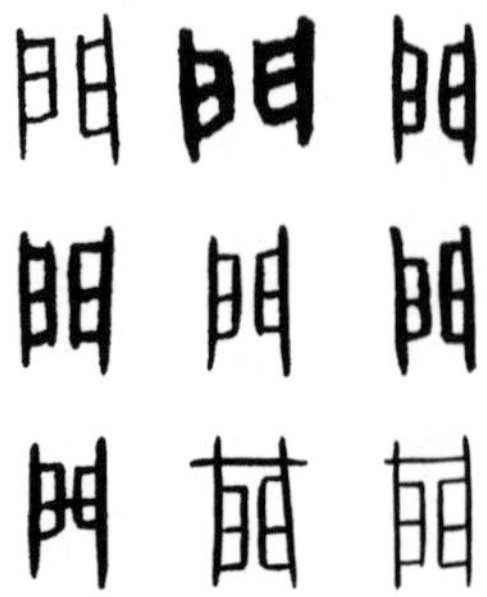

這是什麼用意呢？原來這是中國古代宣告女嬰誕生的記號。手巾是婦女從事家務的用品，所以用來代表女性。

《禮記．內則》記載：「子生，男子設弧於門左，女子設帨（ㄕㄨㄟˋ）於門右。」弧是男子將來從事武職所需要的弓。帨是婦女在家中服侍親長用飯後擦拭手的佩巾。所以分別用來象徵男嬰與女嬰的性別。

外國也有類似習俗，男性強調武職，生男嬰或懸掛一把刀劍，生女嬰則用木炭或湯匙表示，象徵做為人妻以後所要負起的烹飪之責。

後來兩道門戶的形象稍有簡化，像是個𠂤（ㄉㄨㄟ）字，所以《說文》：「帥，佩巾也。从巾，𠂤聲。帨，帥或从兌聲。」誤以為是從𠂤聲的形聲字。致於或體的帨字，那才是後出的形聲字。𠂤字和兌字是不同的聲類，所以𠂤字不是一個聲符，而是門戶的訛誤。

2

人生歷程

養育

一個種族若想永續生存下去，並且保有自己的生活方式，不為他人所奴役，需要有強壯的後裔承繼事業。所以各民族對於後代子孫都有一套養育方式。人類之有別於其他動物，不僅養育、保護下一代，還設立各種專門學校，集合學童，透過語言文字，傳授歷代累積的經驗，以期待他們能夠出人頭地、建立事業。自古以來，教育不單是自家一己的責任，也是整個社會共有的責任。

乳 ㄖㄨˇ

rǔ

新生代一旦安全出生，首先就得餵養和保護。毓字有一個字形，是一隻手拿著一件衣服，即將要包覆嬰兒的形狀。接著的就是要餵食乳汁。甲骨文的乳字，描繪一名婦女抱持一個張口吮吸乳汁的嬰兒。這個字用來表達與乳有關的餵乳、乳汁、乳房等等意義。

甲骨文的乳字，字形非常容易理解。但是後代的字形，因為母親的部分有所離析與訛變，所以《說文》才會錯誤解說：「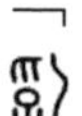，人及鳥生子曰乳，獸曰產。从孚从乙。乙者，玄鳥也。《明堂月令》：玄鳥至之日，祠于高禖，以請子，故乳从乙。請子必以乙至之日者，乙，春分來，秋分去，開生之候鳥，帝少昊司分之官也。」誤以為這

個字的創意，是燕子到來的日子，向神請求給予生子的古代信仰，卻不知道是表現母親餵奶的形象。

保 ㄅㄠˇ bǎo

甲骨文的保字❶，很明顯最早的字形是一個站立的人，伸手至背後，抱住一個男孩。這種描寫太過於瑣細，所以就省略成一個大人與一個小孩的形象。從後來的金文字形❷可以推斷，開始時，後伸的手簡化成一道斜線，後來又加一道斜線加以平衡，而成為小篆的字形。則是又多一個聲符缶，則加一個玉的符號，可能是強調高官位太保。

《說文》：「，養也。从人，𤓽省聲。𤓽，古文孚。，古文不省。，古文。」說成是孚的省聲字，顯然是因為沒有看到早期的字形所致。

❷

❶

伸手至背後去護住孩子，是為了保護幼兒免受傷害，所以引申為一切的保護、保存。

中國儒家制定子女服父母之喪的期間三年（二十五個月），理論基礎是什麼？《禮記．三年問》說是源自幼兒需要三年的時間才能離開父母的辛勞照顧，因此要以同樣的時間守喪報答。其實幼兒不用一年就可以脫離父母懷抱，爬行、走路。所以這個說法未必是正解。而下文要介紹的，人死後三年化為白骨，這時候才算死亡，這可能是三年之喪的來由。

字 ㄗˋ

zì

嬰兒平安出生後，並不是生命就此獲得保障。通過對河南長葛石固墓地，八千年前的裴李崗時代的死者年齡統計，在可以知道年齡的四十七人中，死於兩歲以前的竟有二十一人，幾乎占人口的一半。由於嬰兒死亡率高，因此，即使孩子平安誕生，家人也要等候一段時間，確定孩子可以存活，才會加以慶祝並舉行命名儀式。

《禮記．內則》記載：「三月之末，擇日翦髮為鬌（ㄉㄨㄛˇ），男角女繫（ㄐㄧˋ）羈，否則男左女右。……姆先相曰：母某敢用時日祗見孺子。夫對曰：欽有帥。父執子之右手，咳而名之。」《儀禮．喪服》：「子生三月，則父名之。」都說要等到第三個月，才選擇良日為孩子命名。在外國，有些地方要等兩三年之後，或孩子會走路時，才給孩子命名。這樣謹慎，無非是要確定嬰兒可以存活，不想過早給孩子命名。

金文的「字」字❶，就是一個嬰兒在家廟裡的樣子。從使用的意義，可以推測它表示在祖先神靈之前介紹嬰兒，成為家族的一員。有了名字的孩子，才是可以計數的下代子孫，所以引申用來稱呼不斷孳生的文字。

《說文》：「字，乳也。從子在宀下，子亦聲。」似乎沒有看出這是表現命名的儀式。中國古代可能只對於男性的兒子舉行命名儀式；在族譜上，女兒都不列名字，只說嫁給某姓的人家。

在西洋，命名日比誕生日更為重要，想來也是基於相同的原因，等孩子能夠存活下來，確實可以成為家庭的一員，再為孩子命名。差

❶

别在於，男孩、女孩好像都有命名的儀式。

孔 ㄎㄨㄥˇ kǒng

前文介紹「字」字的創意時，引用《禮記．內則》的話，在命名儀式中，男女嬰兒各修剪不同的髮型，女的披下，男的成角。這個習慣也在「孔」字反映出來。金文的孔字❶，描繪一個男孩子的頭上有突出物。從孔字有嘉美的意義，可以了解這是以小男孩的髮型為創意，因為生下健康的男孩，家業有人來繼承，這是令人羨慕、稱讚的事。結果在文字演變過程中，髮型脫離了男孩的頭部，《說文》：「，通也。从乙从子。乙，請子之候鳥也。乙至而得子，嘉美之也。古人名嘉字子孔。」就沒有看出是髮型，又誤會以為與燕子到來有關。

❶

就像以上幾個字所反映的，中國在進入有文字、有歷史的時代，已是父系社會。女孩外嫁，只有男孩才能繼承家業，所以男孩和女孩從小就有不同的待遇、接受不同的教養。

《詩經．斯干》：「乃生男子，載寢之床。載衣之裳，載弄之璋。其泣喤喤，朱芾斯皇，室家君王。乃生女子，載寢之地。載衣之裼，載弄之瓦。無非無議，唯酒是議，無父母詒罹。」（生了男孩，就讓他在床上，穿用質料好的衣服，讓他玩圭璋一類的玩具，準備將來出社會當個官員，光耀門楣。生了女兒，就隨便睡在地上，穿粗糙的衣服，玩織布的工具，以便將來為人妻、為人母，服務家人。）

早期父系社會男女有別，反映於文字，有以下的例子。

游 ㄧㄡˊ yóu

在《02戰爭與刑罰篇》介紹過，甲骨文有一個游字❶，一個男孩子和一枝旗子的組合形式。旗子代表軍隊的標誌，由指揮官掌握，用途是發號施令。古時部族的行動不離旗幟，以旗幟表示部族的駐紮所在，並指示部族的聚散進退。這本不該是由小孩子來掌握的，由小孩子拿在手中，應該就是哄小孩的玩具。從小就灌輸男孩子從軍作戰、保家衛國的觀念。

❶

如 ㄖㄨˊ

rú

甲骨文的如字❶，女與口的組合，從使用意義推測這個字的創意，是女性說話的口氣要委婉順從。

古代女子的社會地位低，被要求接受訓命，不要多出主意，回應的聲音也要委婉。就像《禮記》所說的，不要有是非心，不要發表議論，不要行為不檢點而讓父母親蒙羞。《說文》：「，從隨也。从女从口。」解釋可以接受。

❶

老 ㄌㄠˇ lǎo

從很早開始，孝道就是中國很重要的教育主題，要從小灌輸給小孩。雖然金文才見到孝這個字，但是孝道絕不是周代才有的概念。

孝道是一種抽象觀念，是儒家很推崇的治國、平天下的核心理念。從《論語》大致可以看出，儒家所謂的孝道包含甚廣；對於尊長，不但生前要奉養，秉承他們的志向；尊長死後，也要不改變他們的志趣。不但在家裡要絕對服從父母親的言語，到社會上做事，也要如同在家裡一樣的服從長官的教訓。

要想知道孝字的創意，首先就要先了解老字。

甲骨文的老字❶，字形多樣化，大致可以看出是表現一個頭髮鬆散的老人，或頭戴特殊形狀的帽子、頭巾，同時手中還握有一把枴杖的樣子。很容易理解造字的創意來自：年紀老了，腿沒有力氣行走，所以要拿拐杖幫助行走。

到了金文時代❷，手拿的拐杖變形了，像是個古文的化字。所以《說文》：「，考也。七十曰老。从人、毛、匕，言須髮變白也。凡老之屬皆从老。」就解釋為表現老人的鬚髮變成白色。鬚髮變成白色，雖是老人的特徵之一，但白色無法以字形表現出來，所以採用拐杖幫助行走做為老人的特徵。

❶

❷

孝 ㄒㄧㄠˋ xiào

金文的孝字❶，字形雖多樣化，但大致由子字與老字兩個單位組成，表現一個老人和一個小男孩之間的事情。從兩個構件的位置看，像是老字的枴杖部分，被子字所取代了。

孝道是一種抽象行為，必須採用足以表現孝道的事情來造字。老人不良於行，祖孫一起出去的時候，孫子以自己的身體充當老人的拐杖，算是孝道的具體表現。

依據《新華字典》對於拐字的解釋，說「拐子頭」的意義是小孩，因為老人需要孩子扶著行走，作用如同拐杖一樣。古代女孩不出

❶

門戶，如果老人想出去走走散心，陪伴的多是男性小孩。小孩的高度也正合適拐杖的高度，可以權充拐杖。對於小孩來說，那是他們有能力從事的孝道。所以就利用祖孫行走的景象來創造孝字。

《說文》：「，善事父母者。从老省，从子。子承老也。」所說的「子承老」創意，看起來也是小孩子做為老人的拐杖的意思。

考 ㄎㄠˇ kǎo

與老字、孝字的創意有關的字還有考。金文的考字❶，從字形來看，也是一個鬆散頭髮的老人手裡拿著拐杖在走路的形象。與金文老字的差別，是老字的拐杖部分已經訛變得像是一個化字了，所以《說文》才有老字頭髮變化成白色的解釋。《說文》：「，老也。从老省，丂聲。」說是形聲字。

考字的意義是死去的父親。考也有拷打、拷問的意義，恐怕與下文要討論的，古代棒打老人的遠古習俗有關，受過棒打的是已經過世的父親。

❶

把經驗傳給下一代，是動物天生的本能，所以不論是原始社會或進步的社會，人類都有教育下一代的責任。小的時候，由家人教會一般的生活基本能力，到了一定年齡，就要送去學校接受群體教育，學習將來參與社會活動必要的知識及禮儀等等。

《禮記．內則》敘述，「六歲教之數與方名。七年，男女不同席，不共食。八年，出入門戶及即席飲食，必後長者，始教之讓。九年，教之數日。十年，出就外傅，居宿於外，學書記，……禮帥初，朝夕學幼儀，請肄簡諒。十有三年，學樂誦詩舞勺。成童，舞象，學射御。二十而冠，始學禮，……。女子十年不出，姆教婉娩聽從，執麻枲，治絲繭，織紝組紃，學女事以共衣服。觀於祭祀，納酒漿籩豆菹醢，禮相助奠。十有五年而笄。」說明男孩八歲就讓他們出入門戶，十歲就到特定的學校學習基本生活以外的知識。但是女孩就只能在家裡學習應對長上、煮飯織布的技巧，以服務尊長為養成目的。

安 ㄢ ān

甲骨文的安字❶，表現一名婦女在屋裡的樣子。古代女子未出嫁以前都不出門，不像男孩十歲就外出接受教育，將來也打算在社會上工作。女子要在家裡才安全，於是以女性在屋中表達安全、平安的概念。這個字的結構簡單而清楚，所以字形穩定。金文作❷，《說文》：「，靜也。从女在宀中。」

人類有了較為固定的群體以及管理組織以後，都會把教學任務納入社會體制中，差別只在規模大小以及精細程度而已。

人類初生時沒有分別，成長後卻各具不同價值觀念、行為準則、

❶

❷

風俗習慣、文化，主要就在於這個過程所學習的內容不同而產生影響。

甲骨文的學字❸，最簡單的是多重綑綁的繩結形象。是雙手綑綁繩結的動作。是雙手在建築物上綑綁繩結以連接木樑柱等木材結構的情景。金文多了一個子的構件，強調古代只有男孩受教育的事實。

甲骨文的教字❹，一手拿著教鞭管教男孩學習綑綁繩結的技巧。在商代，學校已經不只是教育小孩的地方，高深的軍事技巧也在高等的學校裡講授。

❸

❹

3

人生歷程

成人

到了一定的年齡，男孩、女孩都要經過一個儀式宣布成為成人，可以參與社會活動，開始論及婚嫁，準備延續下一個世代，承擔各種責任。

這個儀式如何表現呢？頭髮是人類所共有。各個民族的頭髮雖有稠密稀疏、長短、曲直等不同，但都是生長在人身最高、最明顯的地方。頭髮除了具有隔絕冷熱的功用外，還可以用來表現種種社會功能。例如佛教認為它是煩惱的根源，表現世俗的欲求，所以要把頭髮剃除，以表示隔絕對世俗的希求。有的宗教則要留長頭髮，以方便被神靈抓著上天去，過著更快樂的永恆生活。其他還有以髮型表示年齡、婚姻狀況、特殊職業或社會地位等等的區別。

夫 ㄈㄨ

fū

甲骨文的夫字❶，表現一枝髮笄插在一個大人的頭髮上。在中國，達到成年的年齡時，不論男女，都要求把長長的頭髮盤到頭頂，表示到達成年的階段。頭髮結成一束，盤放頭上，需要用東西把頭髮固定起來。固定頭頂上的髮髻，最簡單的是使用一枝笄。所以夫字就是一個大人的頭上插有一枝髮笄的形狀，以別於小孩子時候不使用髮笄的髮形。

金文和小篆的字形基本保持不變❷。《說文》：「，丈夫也。从大、一。以象簪。周制八寸為尺，十尺為丈，人長八尺，故曰丈夫。凡夫之屬皆从夫。」解釋得很正確。笄（或稱為簪）的主要作用

❶

❷

是把頭髮束緊、使不鬆散，附帶也有裝飾以及分別等級的作用。

規 ㄍㄨㄟ guī

小篆有規字，《說文》：「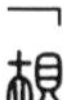，規巨有灋度也。从夫从見。」以夫字與見字組合表意。甲骨文的見字❶，一個跪坐或站立的人，把他的眼睛標示出來，因為眼睛是司理視覺的器官，所以表達見到影像的視覺。金文的字形❷，開始把平視的眼睛豎立起來，以致於和觀望的望字的早期字形相似。

《說文》：「，視也。从目从儿。凡見之屬皆从見。」小篆就只有眼睛豎立的一種字形了。

見字由眼睛見到的影像，引申為一個人對於事情的見解。

❶

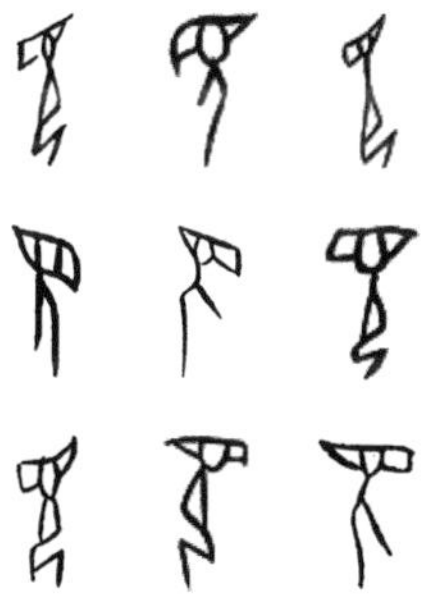

❷

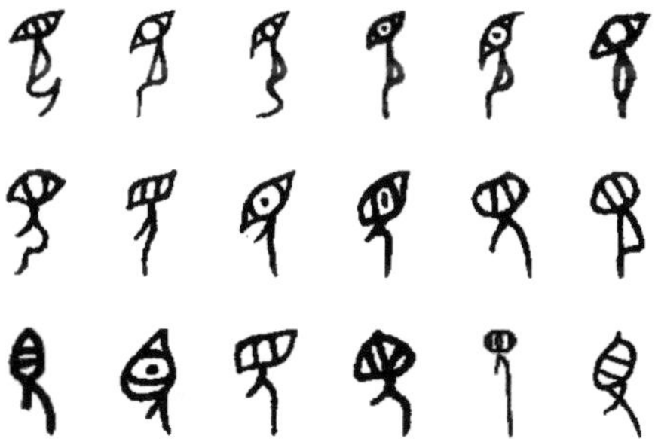

所以規字就表達成人的見識，而不是孩童階段的不懂事理。

望 ㄨㄤˋ wàng

甲骨文的望字❶，本來是一個人站在高地上，把眼睛豎立起來，盡量要看到遠方的狀況。後來先是省略了高土堆，然後又把表示地面的一道橫畫也省略了，就形成一個人豎立起眼睛想看遠方事物的樣子。

到了金文時代❷，望字被借用稱呼一個月最光亮的時候（第十五、六日），所以就加上一個月的符號，此後就少用沒有月的望字形了。人站在地上的部分，因為字形演變的常規，人身上加一小點，小點又變成短畫而成了壬字。

❶

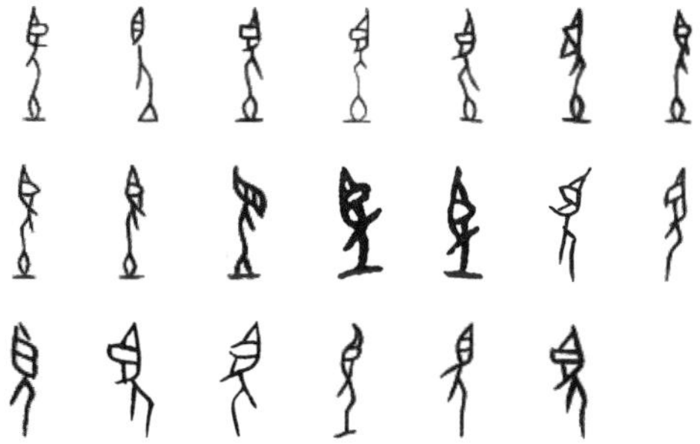

❷

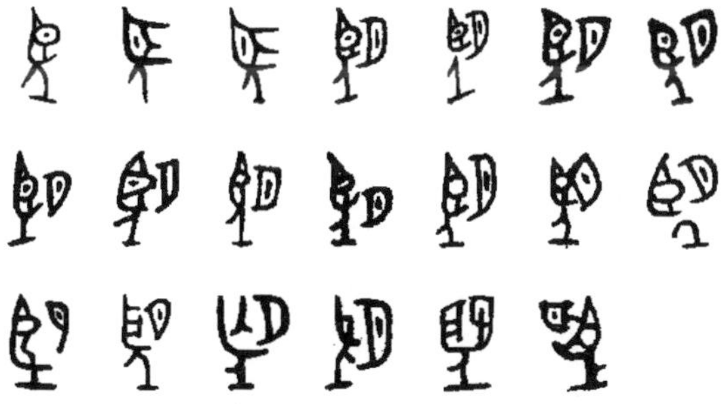

《說文》：「，月滿也，與日相望，以朝君也。从月，从臣，从壬。壬，朝廷也。，古文朢省。」誤以為是朝臣與王廷的關係。

冠 ㄍㄨㄢˋ guàn

《儀禮．士冠禮》記載男子二十歲成年儀式有加冠禮。士族階級，除了頭上使用髮笄束緊頭髮以外，還要加上一頂帽子；但是庶人就只加一條頭巾而已。

《說文》：「，絭（ㄐㄩㄢˋ）也。所以絭髮。弁冕之總名也。从冖（ㄇㄧˋ）、元。元亦聲。冠有法制，故从寸。」

依文字演變的規律，寸是又（手）加上無意義的斜線而成，所以冠字的創意是：用手（寸）將一頂帽子加在一個人（元）的頭上，這是舉行男子成年儀式的動作。這個接受儀式的人，屬於比較高

級的士人階級。由於庶民不戴帽子，暴露出烏黑的頭髮，所以秦朝以「黔首」（黑頭髮）稱呼庶民。可以明白在帽子未普遍使用的時候，只有社會地位較高的人，才可以戴某種形制的帽子。

妻 ㄑㄧ qī

甲骨文的妻字❶，一位婦女用手梳理長頭髮的樣子。女性未成年前，讓頭髮自然下垂；結婚成為妻子後，就要把頭髮盤起，所以需要梳頭。把頭髮梳理整齊，是已婚婦女才有的事情，所以就借用這種風俗來創造已婚婦女的社會地位。各個地方的習俗不同。像臺灣原住民族就以紋面來表示已婚婦女。這是源自於妹妹以泥巴塗臉，讓哥哥認不出來而交配結婚的遠古傳說。

《說文》：「，婦與夫齊者也。从女、从中、从又。又，持事，妻職也。中聲。，古文妻从肖女。肖古文貴字。」

❶

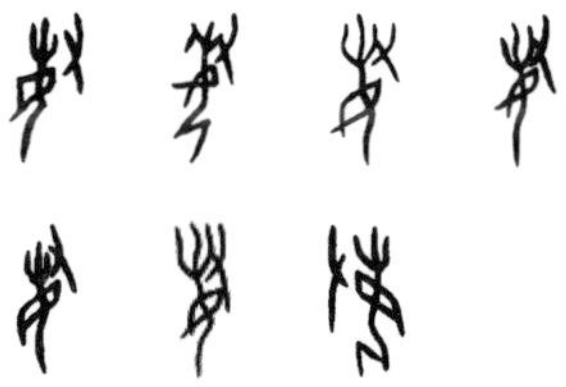

因為金文的時代，手形的又，移到所拿的東西之上，沒有看出是梳理頭髮的創意而解釋為形聲字。

婦 ㄈㄨˋ fù

甲骨文的婦字，原來作帚❶，一把掃地的掃帚形狀。這種掃帚大概是利用枯乾的小灌木，綑綁成可以拿在手中的掃帚形狀。灑掃屋子內外的工作，基本上是屬於已婚婦女的職務，所以就用掃帚來表達婦女的身分。後來為了與本義的掃帚有所區別，就加上一個女的符號而成為婦字。

到了金文時代，幾乎都是寫有女偏旁的婦字了❷。《說文》：「，服也。从女持帚灑掃也。」解釋得很對。但是在商王的甲骨卜辭裡，婦某還代表她們所嫁去的那個國家的領導人。所以經常看到有關她們的夫婿在戰場上作戰的情況。商王非常關心這些女兒們生男育

❶

❷

女的情況，因為關係到她們的子女是否能繼承權位，與商王的聯盟是否穩固。

歸 ㄍㄨㄟ guī

甲骨文有歸字❶，由𠂤（ㄉㄨㄟ）字與帚字組合而成。字形的變化，只有掃帚的帚字手把部分，多了像是手把的筆畫。到了金文❷，增加一個止字或辵，表示與走路有關。

《說文》：「，女嫁也。从止、婦省，𠂤聲。，籀文省。」以為是從𠂤聲的形聲字。可是，做為形聲字，必須符合一個條件，即聲符與本字必須是同韻部以及同聲部。可是𠂤字是齒音，歸字是喉音，所以甲骨文歸字的造字方式應該是表意的。女子歸嫁的意義，一定與𠂤字和帚字兩者的關係有關。帚的原始意義是掃帚。那麼𠂤是什麼形象呢？

❶

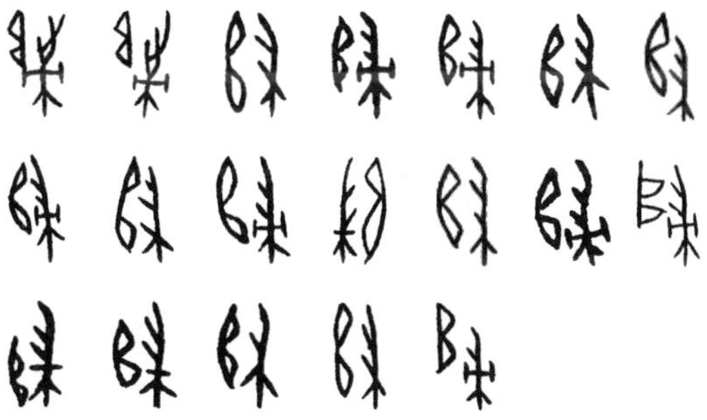

❷

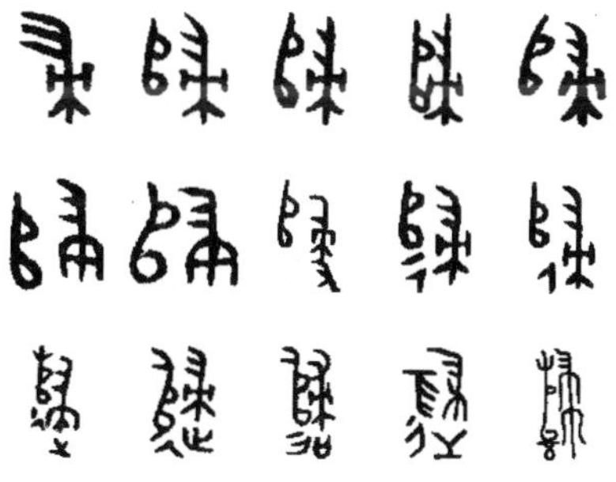

甲骨文的𠂤字❸，不容易看出是何種東西。甲骨文的使用意義是軍隊的大團隊的編制。有可能是借用某個字的命名而已，不一定與軍隊作戰有關。金文的𠂤字❹，把相交的筆畫延伸出去了，這也是文字演變常見的現象。

《說文》：「，小阜也。象形。凡𠂤之屬皆从𠂤。」如果許慎的解釋是對的，那麼，原先的字形該是，為了要適應窄長竹簡的寬度才豎寫成。這個字形與甲骨文的丘字相似，表現河流兩岸的高丘，是早期人類選擇居住的地形。如果𠂤是土堆或土丘的形象。那麼歸字的創意就有可能表達女子於歸嫁的時候，要帶一把故鄉的泥土與掃帚同行。

掃帚的作用是掃地，那是出嫁婦女的職務，這一點很容易了解。止於土塊，是因為古人遠行，擔心到了陌生地方會水土不服，相信如

❸

❹

果帶一把故鄉的土，加入飲水中，就可以調整腸胃適應異地飲食。除此以外，很難想出這兩樣東西如何與婦女嫁到夫家的意義有關。

4

人生歷程

婚姻

婚姻是很重要的社會制度，它規定某些特定的人或人群之間共同生活的合法性，以及所有的權利與義務。婚姻的型態有多種類別，反映出不同的社會組織。婚姻制度雖不完全是為了繁殖後代，但確實是養育子女及子女繼承權利的重要依據。婚姻也是很重要的社會活動，婚姻使兩個家庭或家族之間，緊密的共同追求榮譽與利益。

上古的人不明白懷孕的真正原因。婦女要在事後一段時間，才會意識到已懷有身孕。由於表面上看不出懷孕與男人有直接關係，古人往往會歸因於意識到懷孕時周圍發生或存在的特別事物。因此傳說中的古代人物，都是母親與各式各樣的現象結合而誕生的。例如商朝的始祖契，是因為母親吞食玄鳥的蛋而懷孕。周的始祖棄，是母親因為履踏大人的足跡有所感動而懷孕。

經過一段很長的時間，人們才發現男子要為懷孕一事負起全部責任，因此才設立婚姻制度，規定特定的男女結為夫婦，便是永久的伴侶。

用婚姻制度確定某對男女為夫婦，起碼表示人們已經了解生育的原因是特定男女之間的結合，而不是女性與精靈的結合。

中國對於婚姻制度的起源，沒有多少傳說留傳下來，但通過與少數民族的傳說做比較，可以得到一些概況。

伏羲和女媧，是黃帝以前較有詳細事跡的人物。他們兩人是中國民族或婚姻制度的創造者。《古史考》：「伏羲制嫁娶，以儷皮為禮。」儷皮即是一對鹿皮。

《風俗通義》：「女媧禱祠神，祈而為女媒，因置婚姻。」漢代墳墓的磚瓦或畫像石上的浮雕，伏羲和女媧的形象，常是尾巴交纏的一對蛇身人首，或手中各持規與矩，還常常伴隨有日、月的形象。漢代認為他們有保護死者安寧、不受邪氣侵擾的魔力。他們雖是兄妹，卻結婚為夫婦，是古時家曉戶喻的人物，責任婚姻制便是他們共同創造的。

《風俗通義》記載：「俗說天地開闢，未有人民。女媧摶(ㄊㄨㄢˊ)黃土作人，劇務力不暇供。乃引繩於泥中，舉以為人。故富貴者黃土人，貧賤凡庸者絙人也。」這個故事或者可以理解為，人終不免一死，女媧沒有時間和耐性使用泥土繼續塑造人類，所以創立婚姻制度，讓人們自己繁殖後代。

古代婚嫁，要進行納采、問名、納吉、納徵、請期、親迎等六道禮節。《儀禮．士婚禮》說明納徵（即現今的下聘）時，由男家送一對鹿皮給女家做為禮物。

為什麼結婚納徵的禮物要使用鹿皮呢？根據臺灣少數民族的創生傳說，鹿皮的禮節應該是起源於兄妹交配的時候，用鹿皮隔開身體的遠古習俗。

根據臺灣南勢阿美族的創生神話，有一對兄妹是日神與月神的第十五代子孫，為了逃避洪水的災難，共同乘坐一個木臼，漂流到臺灣，為讓人種繼續繁衍，他們只好結為夫婦。但是他們遵守兄妹不許接觸腹部與胸部的禁忌，一直不敢發生夫妻關係。

有一次哥哥獵到一隻鹿，剝下鹿皮曬乾，並在鹿皮上挖了一個孔洞。這樣一來，兄妹的身體就可以用鹿皮隔開，不破壞禁忌而達到交配繁殖的目的。就這樣，他們所生的子女分別成為許多部族的祖先。

這個故事原型後來衍生許多故事，鹿皮變形成為獸皮、羊皮、草蓆甚至是扇子，作用都是用來隔開男女的身體，迴避禁忌。

臺灣的創生神話與中國伏羲、女媧的傳說有許多共同點。一是都與日和月發生關係，阿美族的兄妹是日月神的後代，而伏羲、女媧的畫像則常伴以日月的形象。二是都發生在洪水之後，傳說共工怒觸不周山而造成大洪水危害人類，女媧就使用蘆草的灰加以整治。第三是故事主角都是兄妹兼夫婦。第四是鹿皮是遂成婚姻的重要媒介。第五是都與蛇有關，蛇是臺灣原住民族以及古代越族常見的圖騰圖案，而伏羲、女媧兄妹則是人首蛇身的形象。

兩組傳說顯然出於同一個源頭。兄妹的名字因方言而有變遷，但語言學家分析的結果，認為都來自同一個語源。

伏羲的先秦擬音是 bjwak xia，而故事的主角是 piru karu，或 pilu kalau。在語音學上屬同一演化的範圍。這些不同傳說都指出來自一個源頭。兄妹遭遇洪水，通過各種巧合而繁殖人類的故事，屢見於中國各民族的傳說。而這其中又以阿美族的傳說最接近事實，也合理的解釋了鹿皮在婚禮中的作用。以鹿皮隔身體而不破壞禁忌，也很符合草昧時代人們的心態。

血親之間的結合，是早期閉塞社會難以避免的現象。一旦社會比較開化，為了避免混亂血緣關係、產下畸形胎兒等原因，開始禁止血親之間通婚，認為那是極不道德的行為。因此後人就想盡辦法，把祖先血親通婚的事實加以掩蓋或美化，以致把人類早期繁殖階段歸功於神的創造，例如女媧的捏泥土造人。或把過錯推託給神，說祖先是遵奉神的旨意而行事。

例如唐代《獨異志》：「昔宇宙初開之時，只有女媧兄妹二人在昆侖山上，而天下未有人民。議以為夫婦，又自羞恥。兄即與其妹上昆侖山，咒曰：『天若遣我兄妹為夫婦，而煙悉合。若不，使煙散。』則煙即合，其妹即來就。兄乃結草為扇，以障其面。今時人取婦執扇，象其事也。」

其他還有兄妹分別把石磨的上半與下半推下山，兩片石磨滾到山下後竟然套合在一起。或是兄妹分別把針和線丟下山去，線竟然穿過針眼等奇蹟。這些奇妙的巧合只有神才做得到，意味不是天意怎能如此？

東漢畫像石上的伏羲和女媧圖。

河南唐河縣出土的漢代畫像石上的圖案。
伏羲與女媧身旁的兩股煙即將結合在一起。

婚 ㄏㄨㄣ hūn （聞）

男與女結合的儀式，稱為婚，婚是一個形聲字，從女昏聲。《說文》：「，婦家也。禮：娶婦以昏時。婦人侌也，故曰婚。从女、昏，昏亦聲。，籀文婚如此。」說明娶新婦的時間在於黃昏，所以使用婚字表達。有趣的是所收錄的籀文字形。原來是因為金文時代借用聞字來表達婚姻的意義，所以才以為是同一個字。

甲骨文的聞字❶，描寫一個跪坐的人，有個大耳朵，強調耳朵的聽聞功能。此人還張開嘴巴，甚至有幾點口沫從嘴裡噴出來。這人的手上舉，即將掩住張開的嘴巴狀。這很像是聽到不尋常的訊息，驚訝失態而要叫出聲來，所以趕忙用手遮住嘴巴，不讓發出聲響來。

❶

這個字的意義是聽聞，而且是聽聞出乎意料的訊息。甲骨卜辭就記載方國報聞有月蝕發生，而王廷所在的安陽竟然沒有見到這個天象。所以聞含有意想不到的聽聞的意義。

金文的婚字，假借聞字來表達❷，字形稍有訛變，把唾液寫到張開的嘴巴上頭，以至於被誤會，有學者以為是表現一個頭戴禮冠的新郎。

社會有了一對一的對等婚姻制，就表示人們已經了解生育是一男與一女交配的結果，而不是與神靈交遇的結果。這是重要的認知，從此就要男子負起養育的責任，社會也慢慢演化為男人當家的父系社會。這樣的認知也可以從文字推論出來。

❷

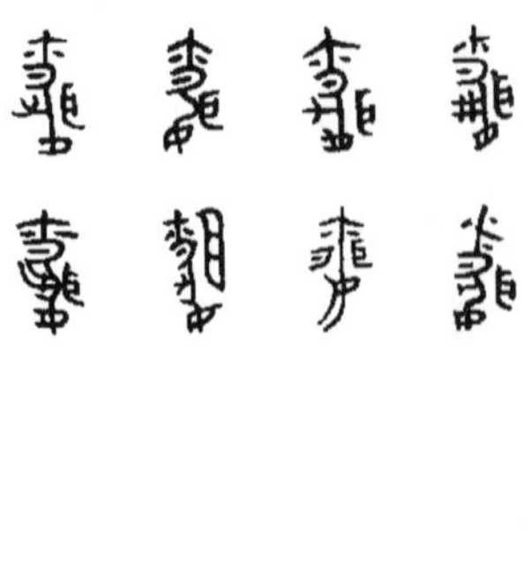

祖 ㄗㄨˇ zǔ（且）

甲骨文的祖字，原先作且❶，後來加上表示神靈的示字偏旁而成為祖字。

祖在商代是做為所有二代以前男性祖先的稱號。古人壽命比較短，三代同堂已屬罕見，不會有四代同堂的例子，所以上兩代以前的都稱為祖，不會發生混淆。後來人的壽命增長，四代同堂也不稀奇，於是就改稱兩代以前的為公，三代以前的為祖。

且的形象是男性的性器形狀。表示創造這個字的時代已經明白，女子懷孕的根由就是男子授精的結果。男子的性器是人類繁殖的

❶

根源，所以以之稱呼男性祖先。

對於生物來說，沒有比繁殖更重要的事。所以古人並不認為生殖器是猥褻的，反而認為是值得崇拜的。繁殖是所有人的共同任務，是非常嚴肅的事情；而結婚最重要的目的，就在於繁殖後代。所以《孟子．離婁》有「不孝有三，無後為大」的話語，充分表現那時候的觀念，認為沒有子孫是很嚴重的缺憾。

其實，所有早期社會都有同樣觀念。中國古代遺址就發現過石祖、陶祖等男性性器的象形物（如左頁圖）。金文的字形已有點走樣❷，和男性的性器不很相像了。有時又加上一隻手，不知是否放尿的形象。

《說文》：「且，所以薦也。从几。足有二橫。一，其下地也。」

❷

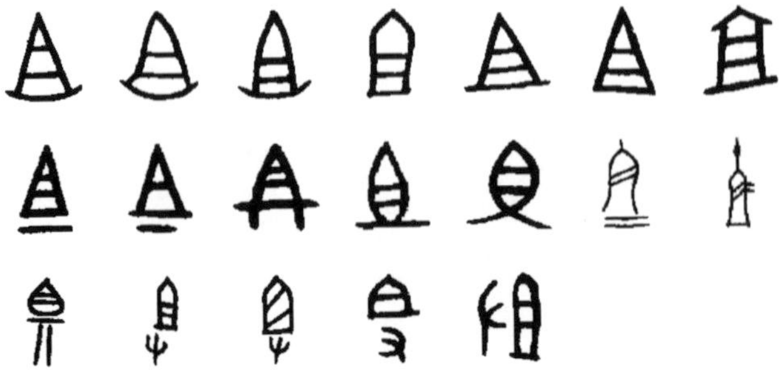

凡且之屬皆从且。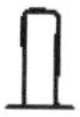，古文以為且，又以為几字。」許慎以為是矮几的形象，不敢說明創意是來自於男子性器。

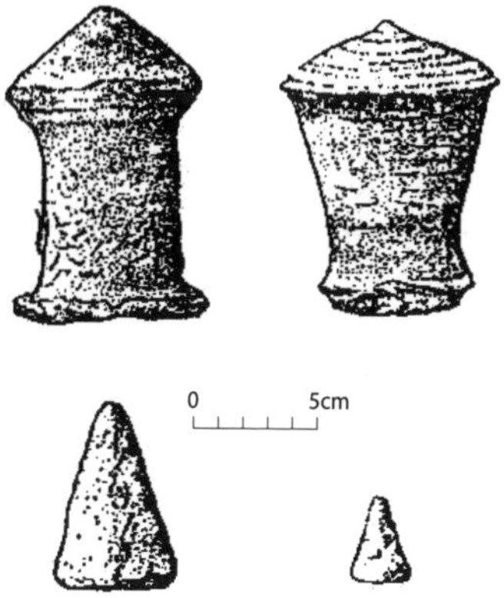

新石器時代的祖形崇拜物。

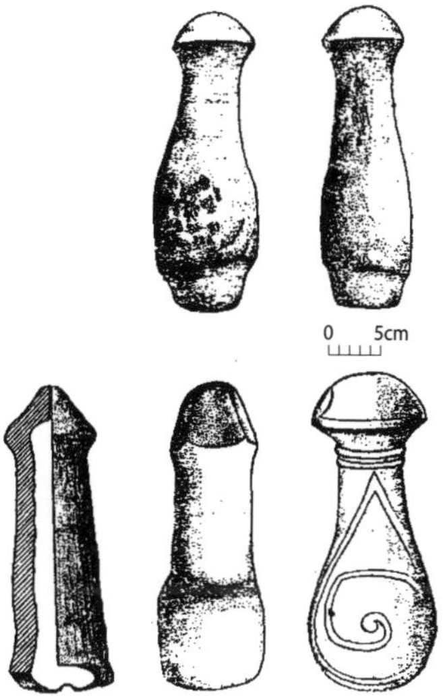

商代的祖形崇拜物。

妣 ㄅㄧˇ bǐ （匕）

與祖字相對的兩代以上的女性祖先，稱為妣。甲骨文作為匕❶。或以為，祖字既是以男性性器創意，那女性祖先也採用女性性器來表意。這是沒有考慮到字形形象的猜測。

匕，是一把湯匙的形象，是把羹湯裡的菜蔬或肉塊撈取出來的用具（如左圖）。對照文字，彎的部分是把柄，前端的部分是容納菜蔬或湯汁的容器形。金文字形❷大致保持湯匙的形象。

《說文》：「，相與比敘也。從反人。匕亦所以用匕取飯，一名柶。凡匕之屬皆从匕。」解釋得很對。

❶

❷

為什麼以湯匙的形狀做為女性祖先的稱號呢？有兩個可能。一是純粹假借湯匙的語音讀音，二是因為湯匙是服務飲食的工具，女性經常使用，所以採用它來代表女性祖先。推測以第二個可能性比較高。

古代生產後用手巾宣告生出女嬰，有些社會則使用湯匙或木炭，都是女性服務餐食的用具，順理成章的用來代表女性。商代不但使用匕（後來寫成妣以與湯匙的意義區別）代表二代以前的女性祖先，也用來代表雌性的牛、羊、豬、犬等家畜。

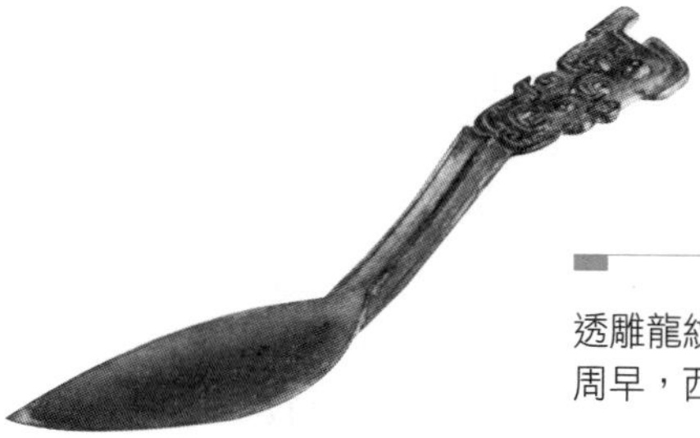

透雕龍紋青銅匕，通長 26 公分，周早，西元前十一至十世紀。

父 ㄈㄨˋ fù

結婚生下孩子，男子就成為父。《02戰爭與刑罰篇》介紹過甲骨文的父字，一隻手拿著一把石斧的樣子。這是源自母系社會的習慣，表示是勞動成員。代表的是成年男子的職務，而不是表示父對於子或者丈夫對於妻子的權威。

母 ㄇㄨˇ mǔ

與父的稱號相對應的是母。甲骨文的母字❶，一位女性，胸部的地方有兩小點。

先解釋女字。甲骨文的女❷，一個人兩手交叉安放在膝上的跪坐形狀。從文物的實例來看，古代婦女的坐姿與男性本無區別，都是兩手平行垂放在膝上。但是在使用文字時，男性與女性有必要區別，因此文字創造者就使用假設性的區別，讓女性的雙手交叉安放在膝上，男性的雙手則是自然平行垂放在膝上。

母字在女性軀體兩旁加上兩點，就是表現女性的乳房了，強調女

❶

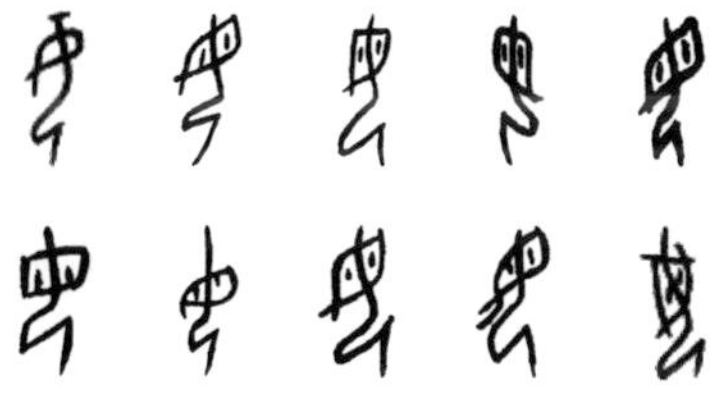

❷

性生產後才會有乳汁可以餵食嬰兒。

養育子女是母親的天職。在古代，生育要冒生命危險，這也是子女要特別感恩的地方，所以就以有哺乳經驗的婦女去表達母親的可敬地位。

金文字形❸，有時在母親頭上裝飾一枝骨笄的形象，那也是成年的婦女才有的形象。《說文》：「，牧也。从女。从褱(ㄏㄨㄞˊ)子形。一曰：象乳子也。」把乳房的兩點延伸成兩條線，字形就有一些訛變。所以才以為是和懷有身孕的婦女形象有關。不過另一說像是餵食孩子乳汁，就知道字的形象與乳房有關了。

❸

每 ㄇㄟˇ

mĕi

甲骨文的每字❶，一名婦女的頭髮上安插有好幾枝裝飾物的樣子。女子本來比男性更喜歡裝扮，成年後要把頭髮盤起，就會在頭髮上安插裝飾物，而且經常有多枝裝飾物，所以就以這種日常所見的情景，表達豐美的意義。

幾座商代的墓葬，曾發現婦女頭部遺留幾十枝髮笄的情形，真是驚人的盛裝。金文的字形❷，除了頭髮上的裝飾物以外，又有把女字寫成母字，更強調這不是一般女性，而是已婚生子的女性才有的打扮。

《說文》：「，草盛上出也。从中，母聲。」因為每字有豐盛

❶

❷

的意義，所以解釋成青草繁盛的長出來的樣子，而分析為形聲字。有了甲骨文與金文的字形可供比較，就知道這是和女性的裝扮有關，與青草的成長沒有關聯。

敏 ㄇㄧㄣˇ mǐn

甲古文的敏字，一位婦女的頭髮上有多支裝飾物，還多了一隻手。從這個字具有敏捷的意義推論，這應該表示，頭髮上有這麼多裝飾物，如果不快速打扮，就沒有多少時間可以做各種家務了。這可能是婦女自己打扮，也有可能由他人的另一隻手來替她裝扮，總之，都必須快速完成。

甲骨文字形的手在頭頂的位置，很清楚。到了金文❶，手的位置就演變成不在頭髮附近，所以《說文》：「，疾也。从攴，每聲。」就看不出真正的創意，而以為是形聲字。

❶

緐 ㄈㄢˊ fán（繁）

金文有緐字❶，每字與糸字的組合。因為這不是一個形聲字，而是表達一種狀況的表意字。《說文》：「，馬髦飾也。从糸、每聲。春秋傳曰：可以稱旌緐乎。，緐或从𡚁。𡚁，籀文弁。」從字形看，創意應該與婦女的盛裝有關。所謂馬的頸背上的裝飾，應該是後來的引申意義。

這個字可能是一位婦女的頭髮上，除了裝飾笄釵一類的飾物之外，還有彩色絲帶。根據已發掘出土的情況，商代兵士頭上裝飾有小型的鈴子；良渚文化的玉笄的端部鑽有小孔洞，還有透雕冠狀變白玉梳柄，應該就是連結絲帶使用的（見120頁圖）。

❶

所以，繁字的創意，比較可能是婦女頭上裝飾繁多的裝飾物。繁多是一種抽象的意義，只好在日常生活中尋找一樣有繁多形象的東西來表達。

《說文》所說「馬髦飾也」的解釋，可能不對。從遺留下來的馬俑形象看，馬髦上並沒有裝飾物，倒是為了指揮與控制馬的行動，馬的臉部套有羈絡，連結皮帶，掌握在手中。羈絡上有很多裝飾物，和婦女頭上的形象一致，所以也引申為馬的套頭裝飾。

玉錐型器
長 18.4 公分，餘杭反山出土，
浙江省文物考古研究所藏。（浙 76）
良渚文化，5300-4200 年前。

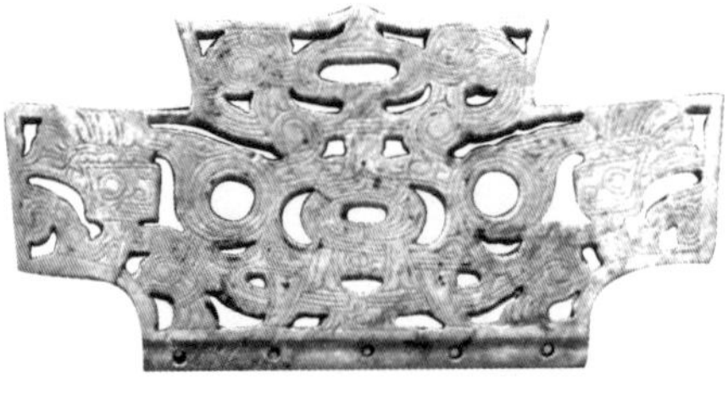

透雕冠狀變白玉梳柄
長 7.1 公分，浙江餘杭反山出土。（華 93）
良渚文化，5300-4200 年前。

姬 ㄐㄧ jī

婦女頭上的裝飾物，不但增添美麗，也可以用來表現階級。甲骨文的姬字❶，一位盛裝的女性與一把密齒的長梳子。金文的字形❷大致可以看出是延續甲骨文的字形，結構一樣，只是字形稍有演化。

《說文》：「，黃帝居姬水，因水為姓。从女，𦣝聲。」看起來好像沒有問題，但是姬字的𦣝部分，《說文》：「，顄也。象形。凡𦣝之屬皆从𦣝。，篆文𦣝。，籀文，从首。」說是舌頭的形象。這肯定是錯了。

從甲骨文與金文的姬字，可以看出𦣝不是舌頭的象形，應該是一

❶

❷

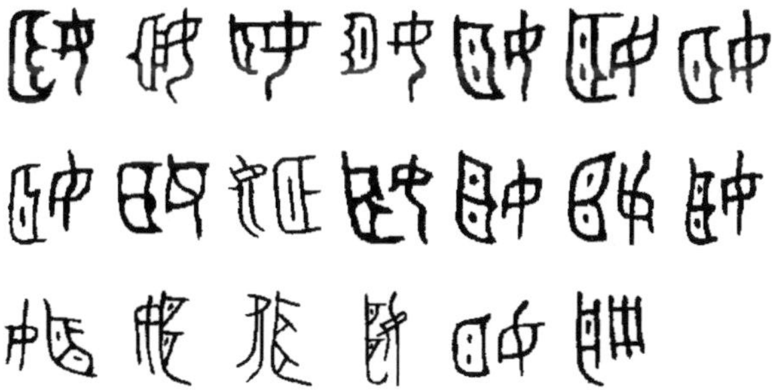

把密齒梳子的樣子。尤其是金文的這個字形，把多齒的梳子形象表現得最為清楚。梳子是插在頭髮上的東西，所以小篆多一個頁的符號。在古文字，頁是用來強調貴族的形象，把頭部的完整形態描寫出來，一般的百姓就只畫人身，沒有把眼睛或頭部畫出來。

至於籀文多一個首的符號，因為梳子是安插在頭上的東西。密齒長梳子的材料往往是貴重的象牙或美玉，梳子上通常有特意展示的繁縟圖案，且所佔面積比梳齒的部分更大，表明製作的重點就是在展示。如圖示（見124頁）的大汶口文化的透雕象牙梳，展示的面積比梳齒高出兩倍。還有，三個圓孔，應該就是繫字所描述的為繫綁色絲帶一類東西而設的。

商代出土的骨笄數量上萬，但梳子卻寥寥可數，反映出使用梳子的人身分高人一等。

通過以上分析，可知姬字的意義是貴婦女，顯然是以頭髮上穿插密齒的長梳子表意，它比只插髮笄的人身分更高。

中國傳說神農氏作篦ㄅㄧˋ。篦是密齒梳的正確稱呼。神農氏是發展農業的象徵，後來人們開始有產權及領域的觀念，社會漸有貧富及階級之分，有人可以不事生產而享受別人的生產成果，服裝也有區別。長髮不利勞動，是貴族的形象。

這把梳子讓我們了解，四、五千年前的大汶口文化，已進入有階級的時代了。

透雕象牙梳
高 16.2 公分，寬 8 公分，山東泰安縣出土，
中國歷史博物館藏。
大汶口文化，西元前 4300-2500 年。

5

人生歷程

老、病、死

生、老、病、死是人類不能避免的歷程，所以才有世代更替。老、病、死三者的關係很密切。人老了，體力下降，容易生病，病了就容易死亡。三者之間的文字創意也是有關聯的。

前文介紹孝字時，已先介紹老字。甲骨文有兩種字形，一是頭戴老人帽子的老人形象，一是頭髮鬆散而手拿著幫助行走的拐杖的老人形象。手持拐杖，是各時代老人不變的形象，所以只有這個字形保留下來。

甲骨卜辭有一條記載的內容是，國王想派遣一位老將軍去視察前方的形況，又擔憂老將軍年老、體力不繼，所以要占卜問明，可不可以派遣他去。占辭引用一個成語「維老維人」，判斷旅途會順利，結果老將軍死在旅途上。「維老維人」的意思是年紀愈大愈是老成，但是體力也比較差，容易生病死亡。

疾 ㄐㄧˊ jí

甲骨文的疾字有兩個字形，後來分化為兩個字，疾與疒，分別在不同的韻部，後來又合為一字。

第一個字形❶是一個大人被一枝箭所傷害的樣子。金文的字形，一形不變，另一形已經與臥在床上的字形合併。《說文》：「，病也。从疒，矢聲。[illegible]，籀文疾。廿，古文。」以為是與疾病有關的形聲字。

甲骨文第二個字形❷，一個人躺在床上，身上流汗或流血水的樣子，這是有了疾病的現象。金文則是已經把它當成了疾病的意義符號

❶

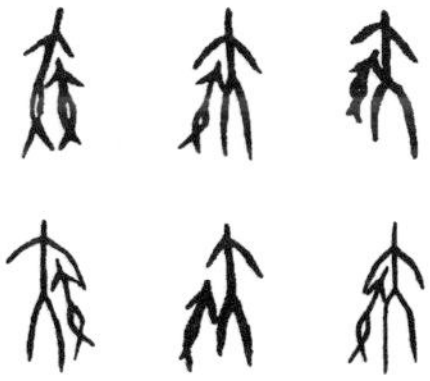

❷

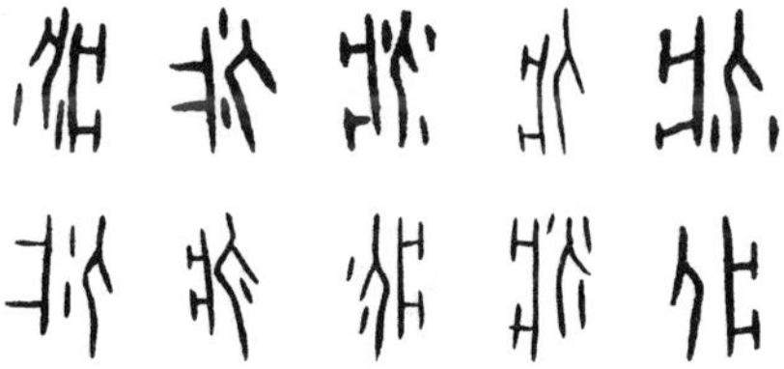

❸，沒有單獨出現。

《說文》：「疒，倚也。人有疾痛也。象倚箸之形。凡疒之屬皆疒。」解釋這是一個人有病痛的時候，身子依靠在某種東西上休息的樣子。

古代因為使用竹簡書寫，竹簡窄長，所以把字形豎立起來。這個字應該作 ，表現一個人躺在床上的樣子。為什麼躺在床上會有生病的意義呢？這要與另一個宿字比較，創意才容易了解。

甲骨文疾字的兩種寫法，似乎表明不同的病痛原因。前者明顯是由於外來可知的事故，後者就可能起於內在不可見的因素。這兩個字形合併起來，就成為今日的疾字。

❸

疾字在甲骨文有兩種意義，一是生病，一是疾快。想來是一旦生病了就要儘快求醫，不要讓病情惡化。疾病是人人所厭惡的，一旦得疾就要趕快醫治，所以疾字就有厭惡以及疾快的兩層引申意義。表明至少商代已經對於疾病有一些對策，知道趕快問醫看病。不像舊石器時代的人，只能依賴自身的免疫能力。

宿 ㄙㄨˋ sù

甲骨文的宿字❶，也需要轉個角度來看，表現一個人躺在一張蓆子上的樣子，這是在睡覺，所以也可以寫成在屋子裡的蓆子上。原來，古代睡覺是睡在蓆子上，生病的時候就要躺在床上。兩者的作用分明，都能夠明白躺在蓆子上是一般的睡覺，而躺在床上就是生病了。

金文宿字❷，多了一個字形，像是一個戴面具的人睡在屋中的眾草之間。戴面具是巫師扮鬼的形象，是不是他們不能睡在蓆子上呢？《說文》：「，止也。从宀佰聲。佰，古文夙。」也認不出是睡在蓆子上的形象，以為是清早時分在屋裡睡覺的意思。

❶

❷

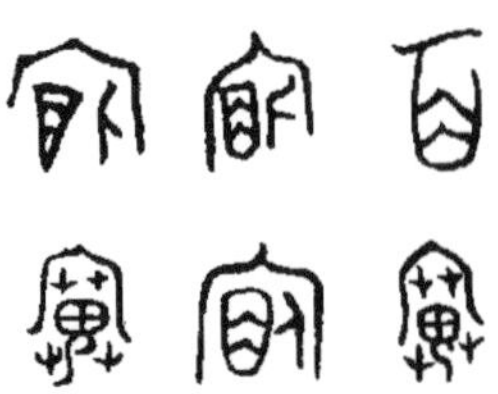

為什麼古代人一生病就需要躺在床上呢？這也可以從其他的字形推論出來。

寢具發展的步驟，可以推論，最先一定是睡在自然的地面或樹枝上。漸漸發展鋪設東西在地面上，這樣可以比較舒適而且也不污穢衣服。最後才是製作專用的寢具。

《禮記．間傳》：「父母之喪，居倚廬，寢苫枕塊，不說經帶。齊衰之喪，居堊室，芐翦不納。大功之喪，寢有席。小功緦麻，床可也。此哀之發於居處者也。」漢代的服喪制度，就是以生活的簡陋程度去表示哀悼的深淺。喪禮時寢具的規定，正反映了從鋪乾草逐漸發展到睡床的演進過程。

甲骨文似乎反映出，平常時候睡在地面的蓆子上，病了就睡在高出地面的床，是因為高出地面的床可以隔絕潮氣，對病情有幫助。可是再看看下面這個葬字，會發現原因不僅如此。

葬 ㄗㄤˋ zàng

甲骨文的葬字❶，一個木結構的棺材裡面，有一個人睡在床上的形狀。這種埋葬方法，可以在東周時代的墓葬見到，如下圖。結構非常複雜，如果沒有必要，人們不必製作如此費工的棺木。可以肯定，這是禮儀所需，不得不如此費工製作。看來，生病要睡在床上，是要為死亡做準備。要死在床上才合禮儀的要求。

湖北江陵東周墓的木棺形式。

❶

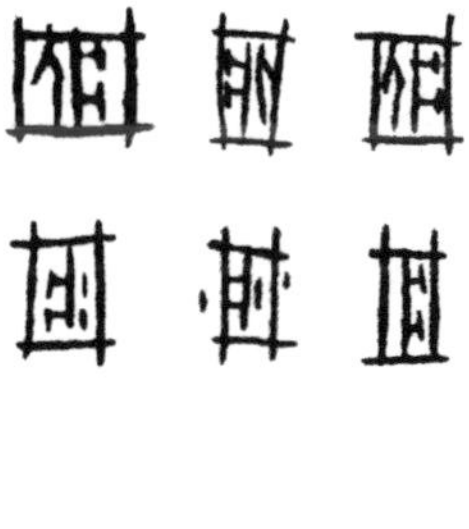

死在床上是有特殊意義的。臺灣早期的建築是屬於干欄式的，人們平日睡臥在高出地面的鋪板上，那是為了可以隔絕地面的潮濕而設計的。但是有人病危時，就得將病人從鋪板的床房移至正廳臨時鋪設的床上，稱為搬鋪或徙鋪。如果是為了避免潮濕，根本沒有這種必要。臺灣的人認為在鋪板床房死去，靈魂將被吊在半空中不能超渡，會前來騷擾親人。有時來不及製作，還會拆下門板充當臨時的床。因為人必須死在臨時架設的床上，才合於禮俗。

這種習慣還可以上溯到孔子的時代。《禮記・檀弓上》記載，曾子病得很厲害，要求更換睡床。至於《禮記・喪大記》，則記載病重時要廢床，死在地面上，然後再遷屍於床上，最後入殮於棺。習俗雖有異，但床都是為了停屍而設，目的顯然不在隔絕潮濕、有利病人康復，而是基於某種特定的信仰。

生病並不一定會導致死亡，為什麼商代的文字會反映一生了病，就要考慮喪事而讓病人睡在床上呢？這應該與古代的醫療水平有關。商代對於致病原因不明顯的內科疾病，還是沒什麼辦法，主要對策是向神靈祈禱或祭祀以求解救，病死的可能性很高。因此一旦得病，就得做最壞的打算，把病人放到可以移動的板床，搬到適當的地點，以備萬一不幸的時刻來臨，就可以死得其所。

到了西周以後，隨著藥物發展，病人可延長生命甚至有痊癒的可能。病人習慣長期睡臥病床，不再嫌棄床是準備喪禮的用具，因此床漸被接受，成為日常的寢具。床板高於地面，不但避免潮濕，也可以避免灰塵。人們在床上鋪蓆，利用床進行各種作息。東周時候，木床已發展成可以坐臥、進食、書寫、會客的家具，是屋中最有用的常設家具了。

金文還不見葬字，到了東漢時代，有可能棺內設床的風俗習慣已經改變，所以字形也起了相應的變化。《說文》：「葬，臧也。从死在茻中。一，其中所以荐之。易曰：古者葬者，厚衣之以薪。茻ㄇㄤˇ亦聲。」成了埋葬死者於眾草之中。漢代依然埋葬在木棺中，四個草的茻即代表棺木的木結構。

夢 ㄇㄥˋ

mèng

如果床是為接受死亡的禮儀而設，作夢不至於導致死亡，為何甲骨文的夢字❶，比較繁複的字形，會是一名畫有眼睛、眉毛的人躺在床上的形狀呢？

原來，古代的中外社會，當為政者遇到難以決斷的重大事件時，往往有向神靈請求指示再做決策的習俗。夢在古代社會被認為是神靈的指示。一般人不必刻意尋求作夢，也不一定記得夢中的細節。但貴族有作夢的需要，於是借助吃迷幻藥或絕食斷水的方法強制作夢。這兩種方法都可以產生類似作夢的幻覺，但也可能導致死亡，所以古人選擇在床上作夢，萬一不幸死亡，也不違背禮俗，死在床上。

❶

睡覺和生病是不分階級都會發生的事，所以在文字的表現上，宿字就畫成代表一般人的簡單的側面形象。在甲骨的時代，人形而畫有眼睛與眉毛的，是代表貴族的形象。作夢求得答案，是貴族或統治者的職責所在，所以字形就畫出有眉目的大人物形象。

死 ㄙˇ

sǐ

小篆的葬字，死人埋葬在很多草之中。甲骨文的死字，則有兩種字形，一個字形是一個人或側或仰，躺臥在木結構的棺材中，有時有幾個點在人的周圍，可能是表達隨葬物品❶。這個代表死亡的字，商代最為常見，但後世反而不再使用。另一個字形❷比較少見，一個人跪坐在一塊已經腐朽的骨頭旁邊，或在表達哀悼的情境。這是二次葬的埋葬方式才會見到的景象。所謂二次葬，是埋葬多年過後，把血肉已腐化乾淨的骨頭挖出來，整理後再次埋葬入土中；很可能就是把老人送到山野，然後把野獸吃剩的骨頭加以整理後埋葬。這種習俗在新石器時代遺址很常見。

❶

❷

甲骨文的第一個死字，因為是正常死亡，可以使用正常的埋葬方式。

但第二個死字，金文❸大致可以看出承繼甲骨文字形的痕跡。《說文》：「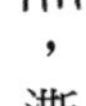，澌也。人所離也。从歺从人。凡死之屬皆从死。，古文死如此。」沒有真正解釋出創意。

第二個死字的字形，罕見於甲骨卜辭，其中有一條卜辭表現出死亡時的境況。那是一位老將軍被派遣去遠地監督某部族的軍隊，二十幾天後不幸於途中去世（合集 17055）。可能死亡的地點距離國都安陽太遠，不便或不可以舉行正常的埋葬儀式，只能取回其腐朽或處理乾淨的骨頭回安陽安葬，所以用這個罕見的跪坐於朽骨旁邊的死字。

另有卜辭：「勿廾有示卿死，馹來歸？」（合集 296）。馹有傳送

❸

的意思。這一次占卜，大概是因為示卿死在外地，所以詢問是否使用傳送的方法運回來安葬。

另外還有一例，說是而不。說明在商代人的眼中，這兩種死是有分別的。一是正常的死亡，一是不正常的死亡。以前臺灣的習俗，死在屋外的是不能移進屋內的。

吝 ㄌㄧㄣˋ lìn

甲骨文有吝字，由文字與口字構成。口的符號在甲骨文經常代表四種事務之一：嘴巴，容器，坑陷，以及無意義的填充符號。《說文》：「，恨惜也。从口，文聲。易曰：以往吝。，古文吝。从彣ㄨㄣˊ。」以為吝是形聲字，口是嘴巴的義符，文是聲符。恨惜和嘴巴可以有關聯，似乎這個說法是可以接受的。但是，吝的聲母是舌邊音，文的聲母是唇音。依形聲字的習慣，兩者是不相諧的。那麼吝是如何創意的呢？首先要了解文這個字。

文 ㄨㄣˊ wén

甲骨文的文字❶，一個大人的胸上有花紋的樣子。金文的字形表現得更為清楚❷，胸上所畫的花紋有心，口，小點，交叉等紋樣。《說文》：「，錯畫也。象交文。凡文之屬皆从文。」因為已經是簡化後的字形，所以看不出是有關人的形象，而以文代表交叉的花紋。在胸上刻畫花紋，顯然不是為了美觀。中國人穿衣服的歷史超過萬年，花紋被衣服所遮蓋，根本無從顯示美觀。

紋身是中國古代葬儀的一種形式，用刀在屍體胸上刺刻花紋，使血液流出來，代表釋放靈魂前往投生。它被用於讚美施行過釋放靈魂儀式的高貴死者，譬如金文銘文所常見的前文人、文父、文母、文

❶

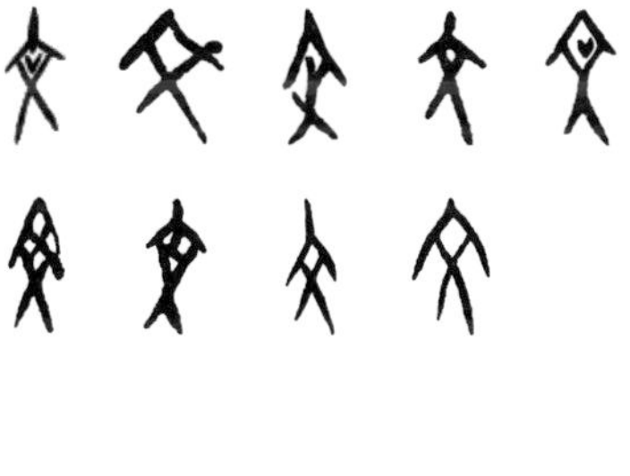

祖、文妣、文報等等。在商、周時代，從來不用文這個字稱呼活人，後來才引申至有文采的事務，如文才、文章、文學等。

文，是對於死人的放魂儀式。再來看吝字，原來是表現一個死人在一個坑陷裡面，這就容易解釋為有婉惜、恨惜的意思了。哀惜這個人沒有死得正常，不能以有床的棺木葬具來殮葬，只能挖個坑埋了。哀惜也是一種抽象的意義，古人想到利用這種習俗來表達。

❷

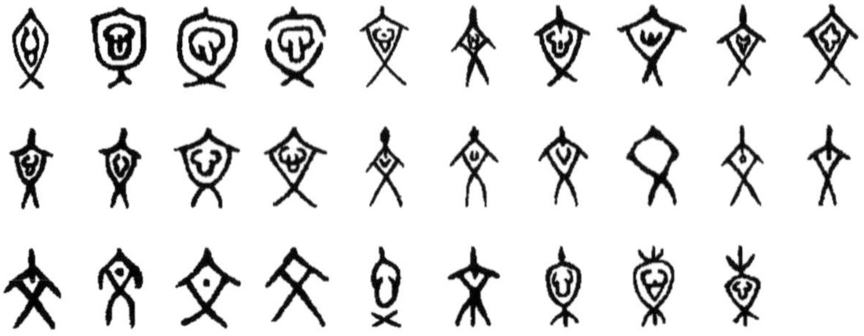

鄰 ㄌㄧㄣˊ lín

金文有一個字，結構為兩個囗（ㄨㄟˊ）和一個文字。此字也出現於郭店楚簡（湖北郭店楚國墓室中發現的竹簡）的《老子》，和現今流傳的文本對照，知道這是鄰國的鄰字。不少人以為這是一個以文為聲符的形聲字。但是文與鄰字的聲類不同聲部，認為是旁轉的例子，即是不同的聲部或韻部有例外的諧聲現象。其實大部分這種例外現象，都是不明瞭創意而做出的解釋。

囗（ㄨㄟˊ）和口（ㄎㄡˇ）的字形有確實的分別。囗是標示一個範圍，像邑字表現人群的居住範圍，圍字表現眾腳（即眾人）包圍一個圍城。

古代的墓葬，都是矩形的土坑；文，是經過死亡聖化儀式的死者。整個字形表達墓葬區的墓葬坑都是比鄰而居，借用表達相鄰的意義。可能由於損壞或缺筆的原因，六朝時候的墓碑，有幾個鄰字就訛變成兩口了。因為後世的墓葬不一定是有秩序的成排排列，人們比較不能了解鄰字的創意，所以就以形聲字取代了。《說文》：「，五家為鄰。从邑，粦聲。」

還 ㄏㄨㄢˊ huán

死在外頭時，至少從商代開始就有招魂儀式。甲骨文的還字❶有前後時期的兩種字形。前一期字形由行道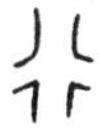、有眉毛的眼睛、以及耕犁所組成；後一形把耕犁換成了衣服。

古代一般人不常出外旅行，客死在外的多是士兵，而兵士多由農民所組成。客死異地時，要由巫師以死者使用過的犁頭去招魂，然後才能安葬。後來可能遠赴異地的不限於農人出身的士兵，也常有經商的人或使者客死於異地，就改用死者的衣物招魂，就像今天的情況，揮動死者的衣服並呼喚死者的名字，把靈魂招回來安葬。客死在外的屍體不能夠搬進屋內。

❶

著名文學作品《楚辭》有〈招魂〉、〈大招〉等篇，就是源自招魂時所唱的歌。

6

死亡的概念與儀式

死亡的概念

在任何社會，生與死的時刻，是一生中最有意義的時候。出生代表加入社會，有誕生、彌月、命名等各種慶祝活動。死亡則是終止所有社會活動，是總結一生事業成就、論功過的時候；常常伴隨著各種贈謚號、加官爵、建墓園等等榮耀死者的儀式。喪家也往往不惜花費金錢，讓死者得到適度的表揚，讓生者也得到適度的滿足與安慰。喪儀也具反映親戚關係、朋友交情的社會功能。但是，什麼時候才是死亡呢？

古人不但對正常與異常的死亡使用不同的儀式，似乎對於死亡時間的觀念也與現在不同。現在是以沒有呼吸或腦死為死亡的定義。但是《漢書．南粵列傳》，南粵王說了這麼一段話：

「老夫身定百邑之地，東西南北數千萬里，帶甲百萬有餘，然北面而臣事漢，何也？不敢背先人之故。老夫處粵四十九年，于今抱孫焉。然夙興夜寐，寢不安席，食不甘味，目不視靡曼之色，耳不聽鍾鼓之音者，以不得事漢也。今陛下幸哀憐，復故號，通使漢如故，老夫死骨不腐，改號不敢為帝矣！」

表明要等到肉身腐爛成白骨的階段才算是完全死亡，在這個階段之前，即活著的時候，南粵王不敢再稱帝號而與漢朝抗衡。這就對於古代處理死亡的習慣有一些啟示。中國古代有一種習慣，在祭祀時，以年幼晚輩坐在上位而稱為尸，以象徵祖先，並接受拜祭。

尸 ㄕ shī

甲骨文的尸字，一個人蹲踞的樣子。在商代，這是東夷人的坐姿。這本是最合理的姿勢，膝蓋或屁股不必接觸地面，不會弄髒身體。但是中國的貴族選擇了比較不自然的跪坐方式，在戶外不便跪坐，就只得站立。蹲踞不是有修養的人的坐姿。

《論語．憲問》記載「原壤夷俟」，是說孔子的朋友原壤，以東夷人的蹲踞的姿勢，等待孔子到來。這是一種不禮貌的行為，所以孔子很不高興。但是這也是二次葬所採用的葬姿。

人死的時候軀體是僵硬的，等到身體腐化成白骨，再次收斂排列時才能呈現這種姿勢。中國古人的觀念，成了白骨，再經一次儀式，才算真正離開人間。所以南越王才說，成了腐骨之後才不能保證自己的承諾。臺灣俗語骨頭打鼓，意思就是說要等到這個時候，自己真正死了，才不再管事了，隨兒子的意思去做了。

金文的字形❶，保持不變。《說文》：「尸，陳也。象臥之形。凡尸之屬皆从尸。」大概覺得解說不很對，因此段玉裁註解說：「臥下曰伏也。此字象首俯而曲背之形。」從古人的習慣來看，仍然不對，這是表現蹲踞而不是睡臥或伏拜的樣子。

《儀禮》有多篇章述及迎尸的事。迎尸的原因，見《儀禮．士虞禮》「祝迎尸」的注：「尸，主也。孝子之祭，不見親之形象，心無所繫，立尸而主意焉。」《公羊傳．宣公八年》：「壬午，猶繹。萬人去籥。繹者何？祭之明日也。」何休注：「祭必有尸者，節神也。禮，天

❶

子以卿為尸，諸侯以大夫為尸，卿大夫以下以孫為尸。夏立尸，殷坐尸，周旅酬六尸。」所說的夏商周三代陳尸的姿勢不同，可能不是實況；所說商代坐尸的情形，倒是與甲骨文的字形相符合。《禮記・曲禮上》也說：「若夫，坐如尸，立如齊。禮從宜，使從俗。」可見尸應該是坐姿。蹲踞雖然是東方夷人的坐姿，但也是二次葬的葬姿，所以不是取法夷人的坐姿，而是取法死人的二次葬式。

為了思念親人，所以演變成以子孫蹲踞代表祖先，接受祭拜。中國人孝敬祖先，儒家提倡孝子服父母喪期二十五個月的所謂三年之喪的禮制，可能與此有關。古籍提到三年之喪的記載很多。到了孔子的時代，這種傳統已成為上自天子下至庶人的通禮。但墨家覺得守喪時間太長，會荒廢事務。連孔子的弟子也認為太長。

《史記・仲尼弟子列傳》記載：「宰予字子我。利口辯辭。既受業，問：『三年之喪不已久乎？君子三年不為禮，禮必壞；三年不為樂，樂必崩。舊穀既沒，新穀既升，鑽燧改火，期可已矣。』子曰：『於汝安乎？』曰：『安。』『汝安則為之。君子居喪，食旨不甘，聞樂不樂，故弗為也。』宰我出，子曰：『予之不仁也！子生三年然後免於父母之懷。夫三年之喪，天下之通義也。』」孔子的解釋是因為出生後要接受父母三年的擁抱或背負，才能夠獨立行動，所以也要用同樣的時間去報答父母。

根據一般撫育子女的經驗，孩子一歲多就任由他們在地上自由行動了，很少再整日抱在懷中，所以這種解釋可能不得其實。

祭祀時代表祖先的尸，既然以二次葬的姿勢受禮拜，很可能舉行完二次葬之後喪事才算完畢，才能視之為祖先而祭拜之。屍體化成白骨的時間並無一定，若是暴露於空氣，血肉很快就被分解掉；若是埋葬地下，能保持較長的時間。但所需要的時間，依埋葬的方式、棺材的材料以及土地性質的條件，差別非常大。在臺灣，短則兩、三年，長則七、八年。古代在華北，可能一般為三年。屈原的《天問》：「鴟龜曳銜，鮌河聽焉？順欲成功，帝何刑焉？永遏在羽山，夫何三年不施？」臺靜農的註解：「《山海經海內經》郭璞注引《開筮》曰：『鮌死三年不腐，剖之以吳刀，化為黃龍也。』……據此，知本文意謂鮌雖長絕於羽山，何以時經三年而其尸不腐耶？」明白表達屍體腐化成為白骨的時間，一般為三年。

可以想像，不論服喪形式如何，都要等到化成白骨，喪事才算完成，時間是三年。後世已不詳其由來，才解釋為三年不離父母之懷。離不離父母之懷的時間是有彈性的，等待屍體化成白骨的時間比較有其必然的物理性，因此才有三年之喪的習俗。

不但如此，如有某種原因等不了三年，或三年還不腐化，就要使用人為方式來完成儀式。

《路史．後紀》：「鮌（ㄍㄨㄣˇ）殛死，三年不腐，副之以吳刀，是用出鮌。」鮌因為死後身體三年不腐，要使用吳刀剔除成白骨。唐代的時候，李白有要事要離開四川，所以也用刀把朋友的屍體割剖，完成喪葬的儀式。《史記．殷本紀》：「帝武丁即位，思復興殷，而未得其佐。三年不言，政事決定於冢宰，以觀國風。」《尚書．無逸》：「其在高宗……作其即位，乃或亮陰，三年不言。」很多人就認為所謂武丁亮陰三年，就是他服喪的時間。甚至以為《尚書．堯典》：「二十有八載，帝乃徂落，百姓如喪考妣，三載，四海遏密八音。」就反映了三年之喪的習俗。

商代習俗，人死後，子孫要以含有十干的甲乙丙丁等來紀念死者。一般以為命名的原則是依據死者的生日或死日。有學者以為，商王死後謚號集中在幾個干日，不像是自然的誕生或死亡的日期。現在看來，撿拾白骨的儀式才是真正死亡的日子，那麼就有可能選擇人們認為吉祥的日子去撿拾遺骨，所以依據死亡的日子命名，才會形成集中在某幾個干日。

古代喪葬習俗

遠古時候，人們對於生死之間的生理現象尚不太了解，相信靈魂不滅，死亡常被視為新生的開始。以為死與生有如一環的兩端，循環不盡，沒有什麼值得特別悲哀的。甚至有時還認為是種可喜的情況。因為通過死亡，可以用老弱的身軀換來一個新生的身體與生命。

生與死的現象，是古人無法理解的諸多事物之一。同時，他們認為萬物皆有精靈，死後精靈也有某種生活形態，並不是永久的死滅。

既然死生有這樣的變化，那麼靈魂是如何離開身體的呢？就不能不想出個答案。古人看到皮膚破裂會流血，流血過多會死亡。這種觀察可能導致人們相信，要獲得新生命，就得讓血液從身體破壞而出，靈魂才可以隨著血液逸出體外，重新投胎出世做人。因此很多民族，原來都有「不流血的自然死亡是不吉利」的想法。因為靈魂得不到解放，就會導致真正的死滅，所以很多人不怕死，只怕不得其法而死。從古文字我們也可以了解一些古人埋葬習俗的演變。

𢼸（微） ㄨㄟˊ wéi

甲骨文有微字❶，一隻手拿著一根棍子從後面攻擊一位長頭髮的人。金文❷保持同樣字形。《說文》：「，眇也。从人、从攴，豈省聲。」因為不了解這個字的創意，或不敢想像它的創意，所以解釋為豈省聲的形聲字。省聲的說法大至都不能成立。

微字有兩個基本意義，一是眼睛瞎了，一是私下行動。眼睛瞎了，不容易用圖畫表達，需要借用某種習俗加以表達。微字，被打擊的對象是一個頭髮鬆散的老人，上文討論的老字，就是這個形象。可能是因為老人視力不佳，生產效率不高的古代人，必須殺死老人減輕經濟負擔，所以才有眼睛的意義。至於偽裝、祕密等意義，可能是因

❶

❷

為實行殺害時不讓老人知道（從背後攻擊），或不在公眾之前施行。也有可能因為受到棒打的常是體弱有病的老人，所以也有生病、微弱等意義。

《說文》殺字的古文，與甲骨文的微字字形幾乎一模一樣，微字的意義含有打擊的成分，有可能被誤會以為是殺字。

身體不破，靈魂就沒有辦法從身體逸出而前往投生。使人流血而死的最簡易方法，應該是使用暴力。對古人來說，以老弱病殘的身軀，更換一具新生健康的身體，沒什麼可遺憾的，所以中國古時候就有把老人打死使其超生的習俗。在文明社會看來，是很不人道的野蠻行為，為法律、人情所不許。但是在那釋放靈魂才能前往投生的時代，打死親人是為人子者應盡的孝道，否則死者靈魂會因不能再生而騷擾親人，成為全家的真正不幸。

老人頭蓋骨被人用利器擊破的例子，常見於中外的舊石器遺址。在中國，擊殺老人的習俗，可能可以追溯到幾十萬年前的北京周口店猿人。很多學者以為，幾十萬年前的社會，不會為經濟原因殺老人，擊破頭蓋骨是人吃人的現象。或以為吃人肉並不是為了饑餓，而是古人以為可以增強個人的魔力。或以為也有可能是為了經濟或對他人有利的不同考慮。

上古的人類生產力低，經常糧食匱乏，尤其是疾病流行或部族遷徙頻繁時，病弱的老人往往建議把自己殺了讓同胞吃，解除饑餓的危機。對那些老人來說，能對族人有貢獻，也是一種解脫，要比病死而腐朽於地下心安得多。其實，這些意見是值得商榷的。

最明顯的證據應是至少有七千年歷史的廣西桂林甑（ㄗㄥˋ）皮岩遺址。這個遺址共發現十四個人頭骨。其中四具頭骨，發現有明顯的人為傷痕，是以棒狀物或利器劈削，或以尖狀器物猛力穿刺等致命傷痕。其年齡都在五十歲以上。其他年輕人的頭骨就沒有這種現象。

死者頭骨破碎，在古老的遺址是很平常的現象。在那遙遠的古代，爭端少，不應該有那麼多人因戰爭而被打死。而且在古代，五十歲已算古稀。依統計，舊石器中期有一半的人死於二十歲以前，舊石器晚期則有三分之一的人死於二十歲，只有十分之一達到四十歲。八千年前的先民，依裴李崗的墓葬年齡統計，八十人中，最年長者為四十一歲，只有二人。不足兩歲者三十六人。就是到了周代，五十六歲以上的死者也只佔百分之七。很顯然，在那個時代，五十歲已經很老了。這幾個甑皮岩老人，都是因為年老難以照顧自己的生活，由子孫執行再生的儀式。被殺的人沒有感傷，執行的人也不覺得有罪惡感。類似的習俗到很晚期的時代還保留。

民俗調查者在四川省發現出自同一來源的兩則故事，反映出當地以前有殺害老人而吃食其肉的習俗。故事敘說某個老人在屋頂修補茅草蓋，其子在屋下燒開水，大叫父親下來，以便烹煮以饗宴村人。父親回答說他尚有謀生能力，請兒子晚些時日才執行。但兒子答以父親已吃了他人的肉，現在輪到他回請的時候了。父親覺得無可辯解，只好下屋頂來接受烹煮的命運。另一則故事則是父親要兒子殺一頭牛以代替他，從此該鄉的人，喪家就宰殺一頭牛來宴請村人，不再殺老人了。

這些故事無疑反映古時有殺害老人、解放精靈以投生的古老傳統。在很久以後，有些地方的中國人仍記得這種傳統。西元前三世紀，屈原於《楚辭．天問》中有「何勤子屠母而死分竟墜」（鼓勵孩子殺了母親而把屍體四處分散）的反問。大概楚國宗廟的壁畫上，有夏朝的國王啟殺害自己母親的故事，屈原不了解這種古代的習俗，才對天提出質問，何以做出這種大逆不道行為的人，還被認為是賢良的君王。後世的好事者更造出神話，敘說啟的母親為了避免被整治洪水的夏禹見到，被追急了就變成石頭，石頭又爆裂而生出啟，所以等於啟殺了自己的母親，並使得屍體分散於數地。

後來社會文明程度提高，人們不忍心親手殺死年老的親人，就改為把老弱送到野獸出沒的山野，讓野獸來執行放血釋出靈魂的工作。等野獸把血肉吃了以後，才撿回骨頭加以埋葬。

漢代有一則故事。原穀幫父親一起把祖父抬到山上丟棄。當原穀把擔架帶下山時，父親問他為什麼要把擔架帶回來，原穀回答說是要留待將來抬父親到山上。父親不願自己將來被送上山，孤零零的等待被野獸咬死，因此就把祖父又抬回家奉養，原穀因此獲得孝孫的好名聲（見左頁圖）。

北美洲愛斯基摩人到晚近時候仍有丟棄老人的習慣，這是很多人都知道的。日本也有同樣習俗，表現在有名的小說《楢山節考》。知名日本作家井上靖也曾回憶母親在小時候給他說過這樣的故事。

東漢及北魏畫像石上的孝孫原穀故事。

漸漸人們又覺得，把老人送到荒山郊野等野獸來咬死，是種不仁的行為，就改為等到老人死後才丟棄於荒野，過些日子才去撿回已被野獸吃剩了的骨頭加以埋葬。戰國初期的《墨子．節葬》：「楚之南有炎人國者，其親戚死，朽其肉而棄之，然後埋其骨，乃成為孝子。」指的就是這一類的葬俗。

中國某些地區少數民族將此習俗保存得更久。東北地區於人死後，高掛屍體於樹上，讓鳥啄食腐肉，或丟棄原野讓野獸吃。如果撿回的骨頭沒有被吃得很乾淨，還有肉殘留著，就表示此人生前有罪，家人就會大為不安。西藏的富裕者甚至要延請僧人割下肉塊並且以之餵飼鳥獸，連頭骨也要搗碎，混合食物以餵食鳥獸，務求屍體不留下痕跡。

弔 ㄉㄧㄠˋ diào

甲骨文的弔字❶，一個人身上有繩索綑繞著的樣子。也有人身簡化成一直線的例子。東北地區於人死後，高掛屍體於樹上，讓鳥啄食腐肉，然後把剩下的骨頭埋葬。這不是處罰罪犯的方法。如果是罪犯，就要使他多吃一點苦，使用倒栽的方式。

金文基本保持甲骨文的字形❷。因為這個字被借用做為名號的叔字，所以出現的次數非常多。《說文》：「，問終也。从人从弓。古之葬者，厚衣之以薪。故人持弓會敺禽也。弓，蓋往復弔問之義。」把繩索誤會為弓箭，以為使用弓箭驅離啄食屍體的鳥獸，加以保護。這就和創造此字的用意完全相反了。

❶

❷

𣦼 ㄘㄢˊ cán

甲骨文有𣦼(ㄘㄢˊ)字❶，表現一隻手在撿拾一片枯骨的樣子。屍體被鳥獸所吃剩的骨頭大半不能完全保留，所以是殘缺的。這是常見的景象，所以借用來表達殘缺不全的意義。《說文》：「，殘穿也。从又、歺(ㄉㄞˇ)。歺亦聲。凡𣦼之屬皆𣦼。讀若殘。」用殘穿來解釋意義，很可能是把四散的骨頭收集後，使用繩索把骨頭串連起來，這樣埋葬在土中或安放在甕中都比較方便。臺灣早期的習俗也是使用紅線把骨頭串連起來再次埋葬。後來為了不佔用土地，也同時節省費用，就把骨頭火化放在小甕中了。

❶

㕡 ㄏㄨㄛˋ huò（壑）

與撿骨的喪俗有關的㕡字，《說文》：「，溝也。从𣦼、从谷。讀若郝。，㕡或从土。」小篆的㕡字原先由三個構件合成，一隻手、一塊枯骨、及一個河谷。因為，用一隻手撿拾在深谷的白骨。深谷是一般人不去的地方，是丟棄屍體的好場所。人到深谷，常是為了撿拾親人的骨頭，所以使用這種習俗做為造字的創意。在較早的時候，使用手撿拾骨頭，即足以表達深谷的意思；後來加上谷的部分，只是使意義更為清楚。

不論是自然腐化或是讓鳥獸吃食，殘骨都不會是乾乾淨淨的，還需加以整理，例如清洗骨頭使之乾淨，所以二次葬又可稱為洗骨葬。

《孟子．滕文公上》：「蓋上古嘗有不葬其親者，其親死則舉而委之于壑。他日過之，狐狸食之，蠅蚋姑嘬之，其顙有泚，睨而不視，……蓋歸反虆梩而掩之。」說明由於不忍見到屍體受鳥獸摧殘的心境，才改良成為埋葬的方式。

死亡儀式的演化

廣東和臺灣地區，不久前還保存著「蓋水被」與「點主」這兩種喪葬儀式，現在恐怕很少有人會知道它們源自何種習俗，有多長的歷史了。

蓋水被儀式的水被，是指一塊五尺來長，二尺多寬的白布，在中央縫上一幅等長而一尺多寬的紅布。在入殮之前，要先由孝子為屍體蓋上水被，然後再輪由其他親人向屍體蓋被。至於點主的風俗，則流行甚廣，現在很多地方都還在實行。那是請一位有名望的人，在預先寫有王字的神主牌上，用朱筆點上一點而成為「主」字，完成埋土之前的儀式。主字的意義是祖先靈魂駐紮的地方。

這些特殊的埋葬儀式，到底有什麼意義呢？

主 ㄓㄨˇ

zhǔ

甲骨文的主字❶，一棵樹上有火光的樣子，大概是古代用豎立的樹枝所製作的火把，用於戶外照明。《說文》：「主，鐙中火主也。从王，象形。从丶。丶亦聲。」所說的是後來的形制。戰國開始出現大量的銅製燈具，所以字形也演變成燈盤上的火炷形狀。為什麼後來用主字稱呼神主牌位？難道是因為神位旁要點燈火的緣故？

❶

文 ㄨㄣˊ

wén

文（字形見143頁）這個字，說明紋身是中國古代葬儀的一種形式，用刀在屍體胸上刺畫花紋，使血液流出來，代表釋放靈魂前往投生。

文身是刺破皮膚，在創口敷用顏料，使身上帶有永久性花紋。皮膚顏色較黑的民族，大概由於顏料的色調難於在皮膚上顯現，就用針縫或燒灸的方式，在皮膚造成隆起成圖案的瘢痕。皮膚刺紋的原因，現在最普遍是為了美觀，古時則有防病消災、標明成年的身分、團員資格等作用。

歷來解釋紋身的起源，或說源自水災之後，大地只剩兄妹兩人。為了不讓人類滅絕，其中一人以黑炭塗臉面，讓對方在認不出來的情況下交配，終於能夠繁殖子孫。有些地方則說為了工作需要，入海捕魚的人刺上魚鱗花紋，可矇蔽魚鮫而不受到襲擊。但在有些地方就可能與死亡儀式有關。

周朝的祖先古公亶(ㄉㄢˇ)父，有意讓第三子季歷繼承權位，因為季歷的兒子昌很賢能。但是礙於有傳位給長子的傳統，心中鬱鬱不樂。他的心事被長子太伯和次子仲雍得知。兩人為了成全父親的願望，《史記‧吳太伯世家》記載：「於是太伯、仲雍二人乃犇荊蠻，文身斷髮，示不可用以避季歷。」

一般解釋吳、越二國皆為紋身的民族，太伯與仲雍入境隨俗，也斷髮文身成為野蠻人，所以不能回國繼承權位。這種解釋並不合理。

周是穿有衣服的民族，二人只要留起頭髮、穿上衣服，就能回復周人模樣，何至於不能再當文明人？再者，先秦文獻講到中國境內有紋身的民族，竟只有吳和越。兩兄弟不約而同，分別投奔域內僅有的兩個具紋身習俗的地區，哪有這麼巧的事！

推測太伯與仲雍之所以紋身，是要以周人的死亡儀式來象徵自己已不在人間，要周的人民不必再等待他們而立即擁立季歷。或許因為兩人分別對吳、越有教化的功勞，吳、越人民為了表示尊崇，也仿效他們在胸上刺花紋，以致於成為吳、越兩地的特殊風俗。後人不知這個歷史事件反映了周人對屍體刺紋的習俗。吳、越的居處多湖泊，很多人以捕魚為業，所以才附會紋身起源於避免受到魚鮫的攻擊。

有些地區，例如東周時代的楚國墓葬，常見屍體下鋪設一塊幾何形花紋的紅色透雕漆木板，可能就是刺身並染紅習俗的孑遺。甚至近代有些地方仍然保持這種舖設透雕漆木板的習俗。只有通過死亡儀式，才能合理解釋為什麼周人的太伯和仲雍以斷髮文身表示不在人世。

由於人們有惻隱不忍的心，埋葬習俗才從棒殺老人演變到遺棄老人於山野，讓鳥獸代替人們殺死老人。再演變到死亡之後才送屍體到人跡不到的地方，接著是使用棺木埋葬，但保留破壞屍體的習俗，而有文身的習俗，且未放棄把白骨再次埋葬的舊制。雖然有了以上的演變，但是基於必須流血而死才是正當的禮儀觀念，

長沙出土的戰國楚墓承接屍體的漆雕透花木板。

喪葬儀式中就以紅色的東西代表血。

一萬八千多年前的山頂洞人遺址，屍骨周圍就發現灑有赤鐵礦的紅色粉末。由於這個遺址年代太早，還難斷定那時候是否已經發展到以紅色的東西象徵血的宗教意識。

六千多年前的仰韶文化及其後的墓葬，朱砂更是常見之物。商代稍具規模或屬於士族的墓葬，幾乎都有紅色的朱砂，只有低階級民眾或奴隸才不見朱砂。而且這種現象不僅見於中國新石器以來的墓葬，也見於外國的墓葬，可以視為全球性的現象。比較合理的解釋是紅色代表血，表示賦予了新生命。

「水被」和「點主」的喪葬習俗，反映的就是親自殺死親人的上古遺俗。有些地方的「點主」儀式，要使用孝子中指的血點觸白骨，將血自身上流出體外以釋放靈魂的遠古觀念表現無遺。廣東連南瑤族的洗骨葬，是將雞血或兒子指頭的血滴在頭骨上，也具有打擊頭部的象徵意義。血是液態的，所以稱為「水被」。

死的本來意義，是經由死的終止，達到再生，重新加入社會。但是隨著文明進步，不但不殺老人，到漢代甚至演變成以玉匣包裹屍體，或以白泥膏、木炭等東西密封棺木，希望屍體長久不腐爛，與先人對死的態度漸行漸遠了。

7

人生信仰

祭祀鬼神

人類懂得用火燒煮食物之後，食物容易消化，促進了腦部發展，思考能力逐漸提升，不但能夠創造工具，使生活更便利，可能也促成信仰觀念產生。

鬼神的觀念，是人類社會到了第二個階段，有階級高低之分以後，才有比人類高一等的神靈存在。神靈是人們創造出來的，如果一個社會沒有等級觀念，自然也想不到有比人類更高一級的神靈。例如近代在菲律賓叢林發現過著石器時代生活水平的部落，就沒有神靈存在的觀念。

鬼神的信仰至少包含四個要素：一、不能理解。自然界有很多現象是不能理解的，所以才會疑神疑鬼。二、不能控制。自然的威力非常大，人力難以控制，因而興起畏懼的意念。三、信而有徵。春夏秋冬的輪轉，人生榮辱病凶的起伏，冥冥之中好像有神靈在控制一切。四、可能妥協。有時於虔誠的祈禱以後，願望終於達成了，覺得神靈是可以溝通的，因而堅信神靈的存在。

既然認為有神靈存在，影響人們的生活，便需要文字來表達與神明相關的意義。

示 ㄕˋ

shì

神靈是看不見的，祭祀或祈禱的時候，一定要有事物做為表達的對象。有關神道的事，中國的文字以示字或組合的偏旁做為表達的主要符號，一定是某種實物的形象。

甲骨文的示字❶，最初的字形是一道平短筆畫，在一直線的上頭；然後是平畫之上，加一道更短的平畫；最後是直線的兩旁各加一道小直線或斜線，看來像是一個支撐架子上的平臺形，有可能是放置祭祀物品的平面架子。

《說文》：「示，天垂象，見吉凶，所以示人也。从二。三垂，

❶

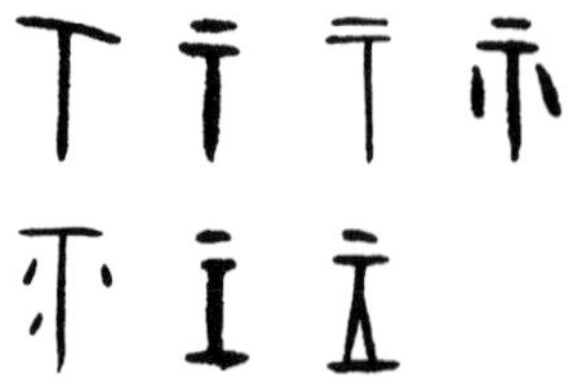

日、月、星也。觀乎天文以察時變。示，神事也。凡示之屬皆从示。，古文示。」解釋為天空以日月星的形象來預示將有吉凶發生。

從甲骨文的字形，可以看出平線之下原先只是一道直線，不可能表現日月星三種天象。應該是和神道有關的道具，或許是人們想像的神靈寄居的地方，一個高而有平臺的神桌。

宗 ㄗㄨㄥ zōng

甲骨文的宗字❶，一個有放置示的東西的建築物形。金文的宗字承繼商代後期的字形不變❷。《說文》：「宗，尊祖廟也。从宀从示。」

宗的意義是尊敬祖先神靈的地方。宗字也是同姓之間的稱呼，同姓的人源於同一位祖先，因此在同一個宗廟舉行祭祀。古人不祭祀異族祖先，顯然，宗字表達的是祭祀自己祖先的廟堂，不是崇拜異姓或自然神靈的地方。

從商代祖先的名號，似乎可以看出「示」是一種較後來才使用的符號。甲骨文所反映的商代開創事業的幾位遠祖名號，最先四位是上

❶

❷

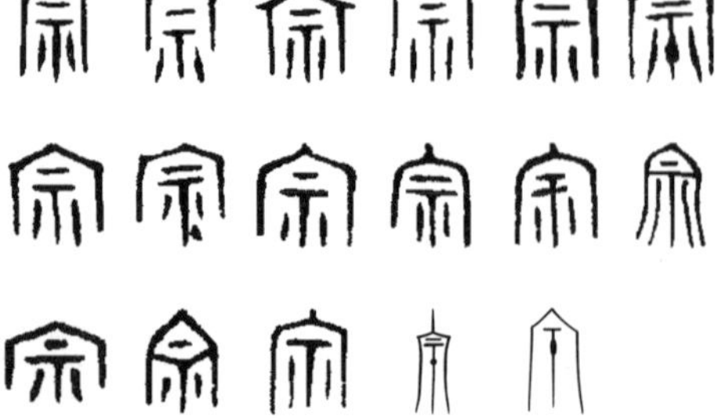

甲、報乙、報丙、報丁，字形是正視❸或側視的在祭龕之內的形狀。而開國君王商湯的祖父和父親，就分別名為示壬和示癸。可能表現神靈的寄居的象徵有了改變，由在匣子裡面變成了在開放空間的神壇上。

❸

帝 ㄉㄧˋ dì

從甲骨卜辭所問的祭祀對象得知，商人認為自然界的風雨雲雷、山川石木、動物以及死去的人，都有神靈。但是商代的人，對於祖先和自然的神靈，可能有不同的做法。

屬於舊派的商王，如武丁，對祖先和自然神靈，都大量祭祀。而新派的商王，例如第五期的帝乙與帝辛，就幾乎見不到對自然神靈的祭祀。示是祖先神靈的居留的所在。那麼，自然的神靈也有不同的憑藉物嗎？

甲骨卜辭反映，自然界的神靈，以「帝」或「上帝」為最高級。

帝有朝廷，有不同的神靈司理不同的事務。甲骨文的帝字❶，出現非常多次，字形也多樣化。金文的字形❷。經過詳細探討，其變化的主要脈絡，先是，然後把圓圈變方圈，方圈變橫的工字，然後是最上面加一道短平畫，然後是三畫交插的線分為上下兩個單位，最後成為小篆的。

歷來對於字形的解釋，有以為像花朵與莖蒂相連處的形狀，或以為來自木架上放置女陰的崇拜物。花是樹木結果繁殖的根源，女子是人類繁殖的母體。繁殖是延續生命的根本方法，都是古人膜拜的重要對象。很可能經由信仰的圖騰，演變為至高的上帝，再演化為政治組織的王者。

或以為，甲骨文的帝字，像是紮稻草人之類的人偶形。從文字學的觀點，這個說法可能比較適當。從演變過程看，中間的部分，應是

❶

❷

從圓圈變為矩形，再變為工形、為一字形。圓圈有時寫成兩弧線交叉，比較可能是綑綁的樣子。尤其是甲骨文另有一字是帝形之物被箭所射殺的樣子。花朵不需要使用弓箭去射殺，而大型的人偶或立像，就有可能因某種緣故而被箭射擊。

以豎立的形象做為崇拜對象，考古發掘也有例子。四川廣漢三星堆的商代祭祀坑，出土高三九六公分的銅製神樹，和二六〇點八公分的銅立人象，被認為都是做為崇拜對象的神像。因此以神像的形式來表達至高上帝的意義，是非常可能的。四川廣漢三星堆的貼金箔面罩（如192頁圖）可能就是插在草紮的人偶上充當不同的神靈。

《說文》：「，諦也。王天下之號。从上，朿聲。，古文帝。古文諸丄字皆从一，篆文皆从二。二，古文上字。示辰龍童音章皆从古文上。」分析為從上朿聲，完全不符合甲骨文的帝字是一個整

體的結構。

在商代，帝字本來做為至高上帝的專有名號。商代晚期，死去的帝王也使用帝的名號，如帝乙、帝辛。戰國時代，有統治者一度自稱為帝。到了秦始皇統一中國，認為自己的成就勝過以前所有的王，自稱為皇帝，從此以後政治領袖就都沿襲這個名稱了。

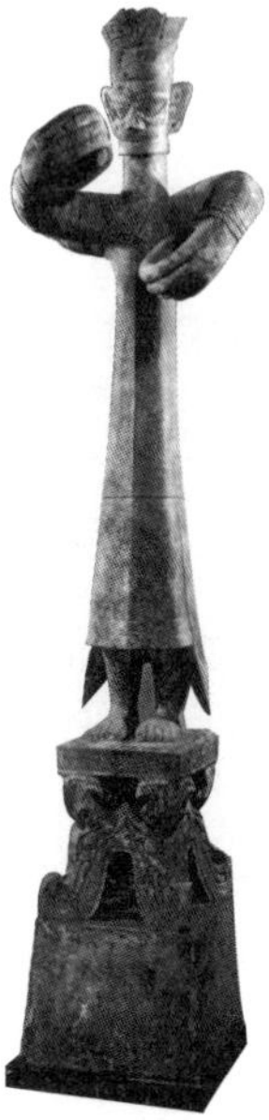

青銅立像，通高 262 公分，人像 172 公分，
晚商，約西元前 1300-1100 年，
四川廣漢三星堆二號坑出土。

金面罩銅質平頂人頭像
通高 42.5 公分，四川廣漢三星堆二號坑出土。
晚商，約西元前 1300-1100 年。

鬼 ㄍㄨㄟˇ guǐ

原始的宗教，起源於人們對於自然界的恐懼、驚異、嚮往與失望等種種心態，需要獲得心理安慰與寄託。因此有些聰明的人就利用這種形勢引導人們向善，或加以控制以圖利自己，不但想出了神靈寄居的崇拜物，也設計了鬼神的扮相和行為，並擔任神靈的代理人。

甲骨文的鬼字❶，早期字形是一個站立或跪坐的人，頭上有田字形的東西。從這個字使用的意義來推測，鬼字的創意，應當是表現一個人頭戴假面具、裝扮鬼神的行為。

甲骨卜辭反映，站立的鬼字，做為鬼方的國名。《周易．睽》：「載

❶

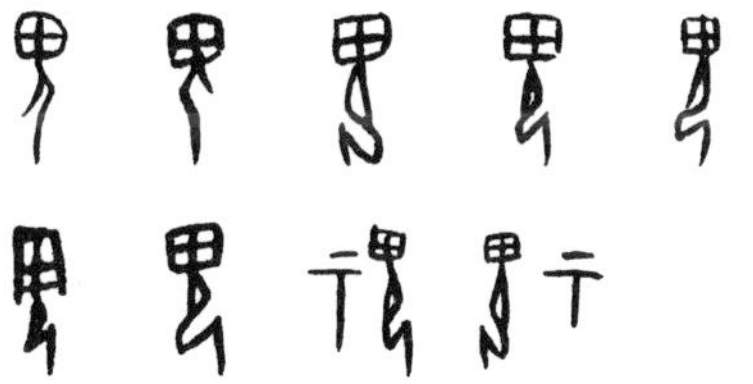

鬼一車，先張之弧，後說之弧。」鬼就是指鬼方的人。原先以為前來侵襲，所以張開弓箭來對付。後來知道是前來提親的，就放下弓箭。

跪坐的鬼字，才是鬼神的意義。在古文字裡，一個字有站立的人形，也常常寫為跪坐的人形。也許後來想使鬼字的不同意義有所區別，於是跪坐的鬼字加上示的符號，明確表示這個字是做為鬼神的意義。

商代還不見神字，鬼兼有神靈的意義。後來才加以分別，對於人們有正面、有利影響的是神靈，而有負面的、可能加害於人的則為鬼魅。

金文的鬼字❷，也有站立與跪坐的兩種字形，有一字是手持棍棒打擊一個站立的鬼字，可能和商代的創意一樣，意義是打擊鬼方

❷

的人。

《說文》：「，人所歸為鬼。从儿。由，象鬼頭也。从厶。鬼陰气ㄑㄧˋ賊害，故从厶。凡鬼之屬皆从鬼。，古文从示。」只保留站立的形象。至於從厶的字形，很可能是來自戰國時代的風氣，在站立的人形背上加一個小半圈的裝飾符號。這個裝飾符號脫離身體而成為厶形，和所謂的鬼陰气ㄑㄧˋ賊害無關。在商代，鬼字兼有神靈的意義。

魅 ㄇㄟˋ mèi

鬼神既然是人們所想像出來的，鬼的行為和能力也就離不開人們的經驗和所見的形象。人要成長到一定的年齡才能有所作為，所以鬼靈也有能力高低的分別。甲骨文有一個魅字，一位跪坐的鬼靈，身上有閃閃的碧綠色磷（燐）光的樣子。人的骨骼含有磷。磷是一種在夜晚可以釋放碧綠色光芒的礦物。人死後埋在地下，若千年後屍體腐化乾淨成為白骨，磷就慢慢離開骨頭而漂浮在空氣中，在夜間就呈現漂浮的綠光，俗稱鬼火。這是死後多年的屍體才能有的現象。所以，釋放磷光是老鬼才有的現象，老鬼比新鬼有更強的魔力。

《說文》：「，老物精也。从鬼、彡ㄕㄢ。彡，鬼毛。，或从

未。，籀文。从彖首，从尾省聲。」老物精就是年齡已老得成為精怪了。解釋彡為鬼毛，應該是不對的。彡就是身上的點點磷光所拉長的筆畫形。

甲骨文的魅字是側面的形象，磷光在身前。籀文的字形是正面的形象，所以磷光在身子兩旁。為了音讀的方便，後來就以聲符未替代彡的部分。

粦 ㄌㄧㄣˊ lín

甲骨文的粦字，一個正面站立的人，全身上下籠罩著點點磷光狀。這是表現一位巫師身上塗了磷，或穿著塗了磷的衣服，在施行法術的樣子。墳場上的磷光是漂浮的，巫師也大半以跳動的動作模仿，所以後來在雙腳加上腳步。金文的字形，就都有腳步了。

《說文》：「，兵死及牛馬之血為粦。粦，鬼火也。从炎舛。」解釋意義為鬼火是對的，但說是被兵刀所殺害的人或牛馬的血為粦，就不對了，這是物理知識，粦存在骨頭中而不是血液中。古代的巫師知道粦發光的祕密，所以利用這個祕密，扮鬼嚇唬人。

褮 ㄧㄥˊ yíng

甲骨文的褮①，一件衣服上有幾個小點，而上方也有兩個火字的形象。這是表示這件衣服塗有粦而可以發光。粦是一種固態的礦物，磨成粉末而和以水，就可以固著在東西上。把粦塗在身體上還要洗掉，浪費材料；塗在衣服上，就可以長久使用了。

金文也有這個字，有的還用雙手捧著的樣子，大概表示要珍惜它吧。《說文》：「，鬼衣也。从衣，熒省聲。讀若詩曰：葛藟縈之。一曰若靜女其袾之袾。」鬼衣的意思就是扮鬼時所穿的衣物，但也可能表達到了鬼的階段，才能發出粦光做為衣服。看來剛死亡的人還沒有資格當鬼呢！

①

舜 ㄕㄨㄣˋ shùn

《說文》：「，舜艸也。楚謂之葍，秦謂之藑。蔓地生而連華。象形。从舛，舛亦聲。凡舜之屬皆从舜。，古文舜。」

小篆的舜字，如果以粦字演變的過程來看，應該是在一個框框中有一個發磷光的人像。前文提及，商王所祭祀的最早四位祖先，從上甲到報丁，字形分別作甲乙丙丁在一個框框之中，所以舜字是表現一個接受祭祀的對象，身上塗有磷的偶像在龕(ㄎㄢ)箱之中。

帝舜是建立家天下的夏朝之前，最後一位傳說的帝王，可能還具有巫的身分，所以以巫的形象來命名他。後來以之命名一種生命短暫的植物，代表這種植物好像閃爍的磷光，為時不久。

《說文》不知舛字是後來加上去用以強調跳舞的形象，還以為是表明意義的類別。舜艸怎會和雙腳跳舞的舛字有關呢！磷要處於暗黑的地方，才會顯現發光的效果，所以最好藏身在黑暗的箱櫃之中。

畏 ㄨㄟˋ wèi

甲骨文的畏字❶，站立的鬼手中拿著一把棍棒，棍棒前端有個小的分歧，可能還裝上可傷人的硬物。赤手空拳的鬼已經有加害人的魔力，如果還拿著武器，威力就更可怕而令人畏懼了，所以有畏懼害怕的意思。

在甲骨文，站立的鬼是代表鬼方的字形，以方命名的大都是敵國，或有可能是表達不友好國家的人手中拿著利器，要小心戒備，以防攻擊行動。也可能表現鬼若要攻擊別人，自然要站起來才方便行事。

❶

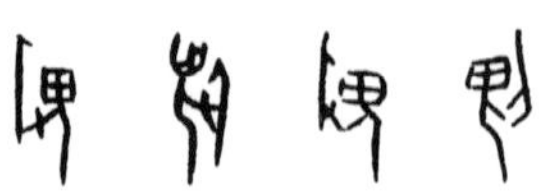

異

yì

甲骨文的異字❶，一個站立的人頭戴面具而雙手上揚有所行動的樣子。未開化民族的面具，形狀大都恐怖驚人，異於常人，所以借用這種現象來表達奇異的意義。

古代的巫師，不但扮相要怪異，行為也要表現異常，才會被認為有神靈附體。所以很多巫師經常是由情緒不穩定、瘋癲或心神不正常的人來充當。《周禮．夏官》說：蒙著熊皮、頭戴黃金鑄作四目假面的方相氏一職（方相氏是宮廷特設的專職驅疫趕鬼的官），就由四名「狂夫」擔任。

❶

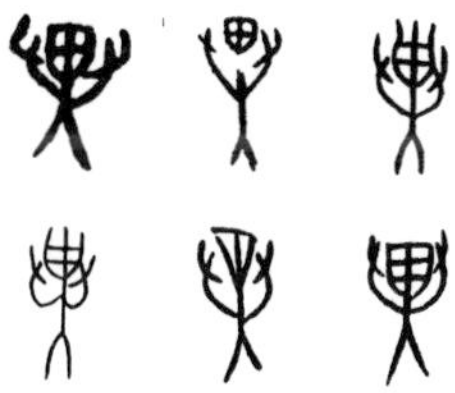

對於正常人，那些不正常的行為有時是可以學習的，有時就得靠藥物催眠，使自己達到迷幻狀態，全身發抖，發出低沉的吼聲，口吐泡沫，全身麻醉，不知苦痛，接受常人難於忍受的痛楚和不敢做的危險動作。譬如致人死命的毒蛇也是很多人懼怕的東西，但巫者卻學得弄蛇的異能，出土的銅器和漆器常有巫者口銜蛇，或手持蛇的圖像。

巫者使用種種方法使人相信他們是神的代理，有呼風喚雨、驅邪治病的神力。他們的巫術雖是騙人的，但因親身使用藥物的經驗，對於藥物與病徵的關係有所發現，代代傳授的結果，就建立了原始的醫學，而中國傳說中早期的名醫也都具有巫的身分。

楚帛書（湖南長沙一座古墓出土的帛書，年代約為戰國時代楚國）中的鬼神形像有二頭、三腳等各種扮相，很可能來自生產的怪胎，根據這些異常的形象而加以誇張表現，以致有了與正常人非常不一樣的形象，借以表達怪異的意思。，馬雅的戴面具的神巫形象，面具的長鼻形象和神巫的一般人面孔非常不一樣（見左圖）。所以古人會借用扮鬼的面具來表達異樣、驚異等意義。

戴面具的馬雅神巫。

兇 ㄒㄩㄥ xiōng

甲骨文的兇字，一個人站立著，頭上有特殊形相，吐出舌頭的樣子。頭上的東西與鬼字的面具類似，可能是兇惡的鬼靈扮相，令人看起來很害怕的樣子，所以有兇惡的意思。兇惡或和善都是人們主觀的感覺，也是抽象的意義，所以需要借用生活中感覺兇惡的景象來表達。

《說文》：「，擾恐也。从儿在凶下。春秋傳曰：曹人兇懼。」分析為一個人在凶下的表意字。沒有把凶字當作是聲符，這是很正確的，顯然認為此處的凶是頭上的一種裝扮。看來兇字是表現頭戴面具，伸長舌頭的樣子，參考左頁的楚帛書的上行第二位神像，作口吐

兩條長舌的形狀，也許就是兇鬼的形象，看起來很令人害怕。

戰國時代長沙楚帛書上的神怪圖像。

祭 ㄐㄧˋ

jì

神靈是人們所想像和創造出來的事物，神靈的喜好自然也離不開人們所認為的性情與喜好。神靈的威力雖然有差別，但都會給人們帶來災難。然而神靈也和凡人一樣會接受懇切的求情，所以就產生了祭祀的行為。祭祀需要知道哪位神靈會降下災難或給予福祐，要供奉什麼樣的物品才會獲得神的歡喜，達到祭神的最佳效果。因此，祭祀也是一種專業，請參考《02戰爭與刑罰篇》介紹從事巫職的巫與祝二字。

甲骨文的祭字，作一隻手拿著還滴著血液的一塊生肉塊狀。人們不會食用未煮熟的食物，使用未煮熟的肉，是祭祀鬼神的行為，用以表達祭祀的意義。

燎 ㄌㄧㄠˊ liáo

商代眾多的祭祀名稱之中，燎字是現在還常見的一個字。甲骨文的燎字❶，比較早期的舊派寫法，作豎立的木頭有火點在燃燒的樣子。大概燃燒的形象不容易看出，次一期的新派，就在字形之下又加一個火的符號。再下一個時期的舊派，恢復燃燒木頭的形象，只是火點更多。最晚的新派時期，又恢復新派的字形。金文的字形承繼前期的字形。

《說文》：「，柴，祭天也。从火、昚。昚，古文慎字。祭天所以慎也。」小篆變成上部的火焰與下部的火焰之中多了一個日形。探討原因，原來燎祭是一種在郊外空曠處舉行的燎火的祭祀，隨著建

❶

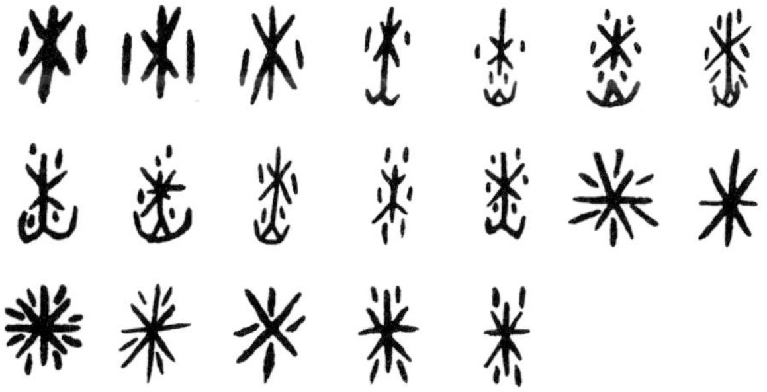

築技術改進，有時也在室內舉行，所以就出現了一個字形以宮字與燎字組合成的寮字。結果相疊成為日的字形，而夾在燎字的中間，成為尞的小篆字形。演變成隸書後，下面的火形變成小的筆畫，所以又加上一個火旁而成為燎字，意義也擴充到一般的燎火。

燎祭不但是架木燒火的一種祭祀行為，也是一種牲品的用法。在火上燒烤牛羊豬的牲品，使香氣上升，讓神靈聞到香味並享受供祭的物品。

埋 ㄇㄞˊ mái

在甲骨卜辭，燎是一種常見的用牲手法，不限於燎的祭祀而已。另外還有兩種常見的手法。甲骨文的埋字①，作一隻牛或羊、犬埋在一個坑中的樣子。牛羊是商代祭祀鬼神最重要的牲品，如果沒有重要的理由，人們不會把寶貴的財富埋在深坑中浪費了。對照後代的習慣，這是把牲品埋在土中讓神靈享用，過了一段時間還會去把坑挖開，看看牲品有沒有被神靈享用，所以可以確定這個字等於後代的埋字。

《說文》：「薶，瘞也。从艸，貍聲。」因為甲骨文的字形難於規畫成為小篆的字形，使用從草貍聲的形聲字取代。貍字本來是個貍

①

獸的象形字（甲骨文的字即後代的霾字，從雨貍聲），後來加上聲符里，就變得筆畫太多，所以再創造從土里聲的埋字。

本來這個字是祭祀手法的專用字，把牲體埋在土中腐化讓神靈享用，後來也延伸到所有掩埋的動作。

沉 ㄔㄣˊ chén

另一個常用的用牲法是沉字❶，一隻牛在河流之中的樣子。牛隻是人們最珍貴的家畜，用途很廣，不會隨便被丟棄河中，一定是有特殊目的，才會把如此貴重的財產丟入水裡，所以是祭祀的手段之一。

後代有把人丟入水中的祭祀方法，因此可以斷定這個字應該等於後代的沈或沉字。金文有從水冘聲的字。《說文》：「，陵上滈水也。从水，冘聲。一曰濁黕也。」不以為有沉沒的意思。後來有沉字，意義是沉沒，大概是《說文》失收，因字形相近而合併為一字。甲骨文沉字只見作沉牛於水中的樣子，不像另一個用牲的埋字也常見羊與豬、犬埋在坑中的字形，想來沉字是一種專門處理牛牲的祭典。

❶
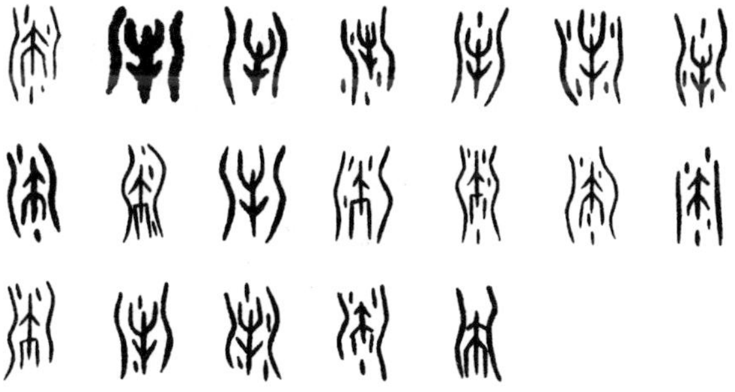

血 ㄒㄧㄝˇ xiě

甲骨文的血字❶，一個盤皿中裝盛血的樣子。血是液體，和其他液態的東西很難在線條上有所分別，因此就利用血被使用的用途來表達。

動物的血，是人們食用的品項，也是商人供奉的供品之一。奉獻的時候，使用盤皿裝盛，所以就借用這種形象來創造血字。金文的血字只見在字的偏旁中❷，把凝結成塊狀的血簡化成為一點或一道短橫畫。《說文》：「血，祭所薦牲血也。从皿。一象血形。凡血之屬皆从血。」解釋為祭祀行為時所貢獻的牲血，非常正確。

❶

❷

其實，祭祀所貢獻的血，也包括人的血。在《02戰爭篇與刑罰篇》所介紹的盩(ㄓㄡ)字 ，使用繩索以及桎梏限制罪犯的行動，並鞭打至流血，用盤皿來承接流出的血，很可能就是留著罪犯的生命以供祭獻。

盟 ㄇㄥˊ méng

把血盛裝在盤皿中，至少還有其他兩種用途。一是新鑄造的銅器需使用牲血來釁(ㄒㄧㄣˋ)塗祭祀。一是軍事結盟時要歃(ㄕㄚˋ)血，飲各立盟人混合的鮮血，這就要使用盤皿盛著來飲，這就是盟字的創意。

甲骨文的盟字❶，最先應該是作的字形，大概為了與血字有所分別，就在血塊中加筆畫，結果類化成為囧字。

到了金文❷，已不易從字形了解盟字的創意，就改為從皿明聲的形聲字。《說文》：「，周禮曰：國有疑則盟。諸侯再相與會，十二歲一盟。北面詔天之司慎、司命。盟，殺牲歃血，朱盤玉敦，以立

❶

牛耳。从囧，皿聲。，篆文从明。，古文从明。」因為承受錯誤的字形，所以就沒有辦法合理解釋從囧從皿的字形。囧字很清楚是描寫一個圓形的窗子的形象。如果分析盟字的古字形為從囧皿聲，很難解釋為什麼諸侯的立盟和窗子有關，而且皿和冏也不同聲韻，不合形聲字的原則。如果分析為從從血（或從皿）囧聲，但冏字與盟字的聲韻也不合。要了解一個字的創意，最好是找到比較早的字形，許慎沒有看到早期字形，以至對於造字的創意不得正解。

❷

岳 ㄩㄝˋ yuè

根據甲骨卜辭，商代的祭祀種類繁多。祭祀的對象、應用的禮儀、供奉的犧牲，內容非常複雜。當時對於祭祀非常慎重，為了得到最佳效果，對於祭祀過程的細節都要取得正確的答案。例如要祭祀哪位神靈，在何日、何時、何處，由誰主持祭祀，用何種禮儀、多少牲畜，是用宰殺的方法還是埋於地下、沉溺於河中，甚至要不要烹飪，用什麼烹飪法，細節無所不包。

商人祭祀的對象，帝是最具威力的神靈。帝有極大的威力，能命令降下風雨、雷霰、陰晴，禍福與災祐。但商王不能直接祭祀上帝，要祭祀各有職責的下屬。就像人民不能直接找帝王，要由官員處理事務，商王最常祭祀的神靈是岳與河。

甲骨文的山字❶，幾座平列的山峰形狀。岳字❷，出現非常多次，高山之上又有高峰重疊的樣子，不是一般的山巒。有時最底下的山形寫得像是火形。能夠確實認識這個字，有得力於《說文》的地方。《說文》：「，東岱，南霍，西華，北恆，中大室，王者之所以巡狩所至。从山，獄聲。，古文。象高形。」從所收錄的古文字形，才得以向前推溯至甲骨文的字形。

根據研究，岳在商代指現今的霍山，而不是一般山巒的泛稱。它座落在山西省霍縣的東南，海拔二千五百公尺以上，是當時商人地域中最高的山脈。在地形上，高山迎風而容易降雨。雨是古代農業種植的主要水源，所以受到農耕民族的崇拜。岳字後來創造形聲字的嶽字，但是兩個字形都通行，算是不多見的現象。

❶

❷

河 ㄏㄜˊ hé

甲骨文的河字❶，是一個從水可聲或何聲的形聲字。河流除水勢有大小之外，很難以圖畫表現個別的不同形狀，所以就以形聲字的方式創造。在商代，各河流都有個別的名稱，河是黃河的專稱。若是泛稱河流就用水❷或用川❸來表示。

在商人居住的地域，黃河是長度最長、水量最豐富的河流，常因暴雨而改道，造成很大的災害。商人不能不特別憂慮，特意取悅，以防其發怒而造成災禍。《說文》：「，水出焞煌塞外昆侖山，發原注海。从水可聲。」

❶

❷

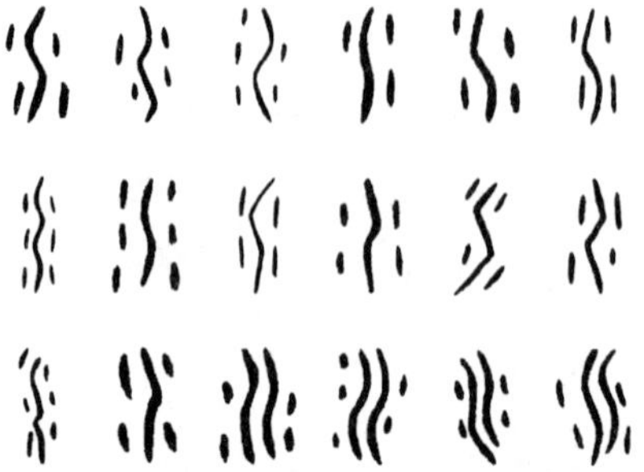

❸

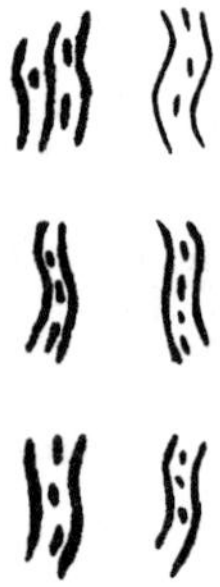

卜 ㄅㄨˇ

bǔ

甲骨文的卜字❶，用火燒灼甲骨背面，使正面呈現一道直紋與一道橫紋的兆紋。這是一種占卜行為後的結果，所以有占卜的意義。卜字的筆畫簡單而明白，其後也保持這樣的字形。

金文的卜字。《說文》：「卜，灼剝龜也。象灸龜之形。一曰：象龜兆之縱橫也。凡卜之屬皆从卜。，古文卜。」燒灼龜甲或獸骨，都會呈現這樣的紋路，不只是燒炙龜甲的形象。

根據考古的發掘，中國在五千四百多年前就有骨卜的習慣，但到七、八百年之後的龍山時代，才成為普遍的習俗。骨卜常見於東方的

❶

文化傳統。商代以前占卜所使用的是牛、羊、豬、鹿等大型哺乳動物的骨頭。龜甲並不是占卜的材料。大致到了商代才使用龜甲問卜，而且使用的動物骨頭幾乎都是牛的肩胛骨。

使用燒灼骨頭來占卜，看似尋常，卻不是一般人所能操作的事情。因為骨頭含有骨膠原，是一種會導熱的物質。用火在骨上燒灼，火的熱能會傳導散開，不會集中在一個地方。用火太過就會燒焦、燒透甲骨，太少又不起作用，無法燒出清楚的裂紋。但是巫師卻能輕易在甲骨上燒成裂紋，所以巫師被認為擁有特殊魔力。

筆者與一位科學人員做過實驗。我們發現，把骨頭長久泡在水中，水會慢慢溶解骨頭中的骨膠原。把水倒掉、晾乾骨頭後，火就不會傳導散開，骨頭被火燒灼的部分會收縮，導致骨面裂開而形成紋路。從裂開的兆紋所形成的角度，就是判別問題「是」或「非」的答案，所以提問的句子都要能以「是」或「非」來回答。例如提問：我明天可以去打獵，因為會是晴天，是嗎？我明天不好去打獵，因為會下雨，是嗎？

占 ㄓㄢ zhān

甲骨文的占字❶，原先是一塊甲骨，上面有卜與口字，表達骨頭以兆紋（卜）的走向說出（口）問題的答案，這是一種占斷吉凶的行為。後來就省略骨頭的形象，只剩一個卜紋與嘴巴，也可以表達同樣的意思。《說文》：「，視兆問也。从卜从口。」正確解釋以兆紋的走向說出答案。

古人認為骨頭有神靈存在，能預知未來，能幫助人們解決困難。但是骨頭不會說話，只能通過兆紋來回答問題。占卜諮詢的步驟大致是：用火燒灼之前，先與骨的神靈做口頭約定，何種形狀的兆紋表示什麼樣的意思。所以如果能夠有辦法控制兆紋剝裂的方向，就可以達

❶

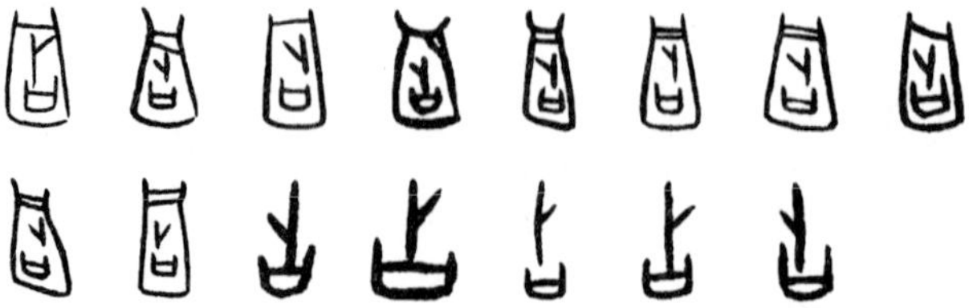

到控制問卜人的行動的目的。同樣的，問卜的人也可以通過同樣的方法，使神靈同意自己的意願，以推行自己的政策，達到神權控制政治的目的。

為使卜骨上的兆紋容易顯現出來，商代晚期較早的時候，會在背面挖刻一個個長形的鑿洞，並在旁邊挖個稱為鑽的圓鑿，它使燒灼後的甲骨表面容易破裂成要求的卜字形紋路。這種一長一圓的鑿形，武丁期以後就不再採用，骨上只剩長形的鑿。很可能就是商王發現了巫師可以控制兆紋角度的祕密。而龜甲骨質結構異於獸骨，難於控制燒灼後兆紋走向，也因此被認為較獸骨更為靈驗。

特別收錄

博物館裡的「老玩童」，不做傳統的學者：專訪《字字有來頭》作者許進雄

莊勝涵（國立政治大學中國文學系博士生）

負笈留洋的許進雄，一九八六年才重新踏上臺灣的土壤，在此之前將近三十年的歲月裡，他都在加拿大皇家安大略博物館裡做研究。長年在博物館累積的經驗值為他的古文字研究開外掛，近來每日不離手的 iPad 更與他的研究生活密不可分。二〇一七年陸續出版的《字字有來頭》系列著作，就是許進雄一路玩出來的成果。

做學問就像打怪練等，你得一步一步來

古文字學是門冷硬的學問，投身其中必須耐得住寂寞，這張椅子許進雄一坐就是三、四十年。但要成為一代甲骨文研究名家，還得有一顆愛玩遊戲的童心。

上小學前，許進雄和玩伴在廟前看八家將練習，家將身穿戰甲、手拿法器，化妝的臉上有各式色彩與線條，加上各種引人入勝的身段，已開啟許進雄對於細節的觀察力。「後來開始有電動玩具，我最喜歡玩 RPG，有時寶物藏在隱密的角落，我就得想辦法去觀察、分析、統整線索。而且還要懂得忍耐，現在功力不夠我就練功嘛，練到功夫夠了再去打王，太過急躁的人沒辦法好好玩。」

許進雄從大學時期學習拓印甲骨片，到了加拿大在大量甲骨中觀察出鑽鑿型態差異，提出甲骨分期新標準，成立一家之言。此外，他在加拿大從頭學習英文，又與世界各地博物館作學術與行政上的交流，學習與人溝通的眉角，一路上都是一步做一步學，慢慢練等。

早在高中時期，許進雄走進書店，偶然與《廣雅疏證》相遇，好奇心帶領他從語篇脈絡的字義辨析，一舉攀援傳統經籍的深厚底蘊，打下上古史研究的基礎。所以後來他進入臺大中文系，大一就能越級打怪，旁聽大二、大三的必修課文字學及聲韻學。

回想讀到《說文解字》這部文字學經典，他沒有一味拜服古人的說法，卻勇於指出古人迴護前人誤解的曲說，在當時人稱甲骨四堂之一的董作賓面前批評段玉裁《說文解字注》的錯誤。「兩千年來大家把它奉為圭臬，是因為以前還看不到甲骨文跟金文，現在時代不同了，古人的錯誤很明顯，不能不重視啦！」也正是在此時，他探向更遙遠的甲骨文世界，只為了求得歷史的真相。

電視演的不一定對，讓專業的來！

出於童真的想像力，對於真實的好奇心，不畏傳統的勇氣，再加上一點求真的固執，這大概就是《字字有來頭》成書的史前史，但成全一個系列的書籍出版，還需要一點助媒。

早在返臺之初，許進雄就總結博物館工作三十年的經驗，撰成《中國古代社會》這部重要著作。後來，經老友黃啟方的推薦，他在《青春共和國》雜誌上撰文介紹漢字源流，寫了幾篇文章暖身過後，字畝文化社長兼總編輯馮季眉就邀請他計畫更大的系列著作。此際正是將學界研究成果推向社會大眾的大好機會，便一口答應。

隨著中國文化席捲全球，在「中國熱」的牽引之下，以「漢字」為主題的大眾讀物推陳出新，一時成為知識普及寫作的當紅領域，《漢字樹》、《漢字的故事》等系列出版品受到大眾注目是最醒目的佐證。

熱潮掀起議題，卻也沖刷了大量細節，許進雄說：「《漢字樹》基本上是講文字的滋乳，但是沒有涉及創字本意，也沒有包含相關的文化背景。《漢字的故事》作者不是專家，很多內容不堪檢驗。我也不敢說我的意見就是對的，但起碼不是閉著眼睛亂講，那都是有考古的根據。」

至於蔚為風潮的中國宮廷歷史劇，不但時常出現服飾與時代錯置的情形，且往往煞有其事地用「爵」喝酒。一頭灰髮的許進雄眼神頓時放亮，聲量愈發渾厚：「這根本就是錯誤的，但整個社會都跟著電視認為古人用爵喝酒，沒有人指出錯誤，也沒有人在意。爵的外型有兩根支柱，以前人說支柱是方便人拿起酒器，但是你想想看，那兩根支柱擋在面前你有辦法喝酒嗎？因為大家沒有碰過文物，就只能想當然爾。」

故紙堆裡找不到的真實，要自己「動手」去找

在博物館工作的許進雄能夠接觸大量第一手文物，這對於一位古文字學者而言，是得天獨厚的環境，但不是每個人都有這種幸運。「有一次我從加拿大回到臺灣故宮交流，故宮器物處主任張光遠竟然要求我幫他申請調閱一件文物，因為我是從外國來的，我提出的要求比較容易被重視。」許進雄回憶那段時間奔走美國、英國、德國、日本等地考察文物資料時，談起了這件往事，間接說明資料取用對於古文字學研究的重要性。

而博物館工作必須具備人類學、考古學、社會學、歷史學的視野，也讓許進雄不安於做一位傳統中文系的學者。比如解釋「吉」字，他結合上古冶金技術的背景，解讀甲骨文、金文的構形，認為「吉」字代表放在深坑當中已澆鑄的型範，「由

於空氣不流通，散發出來的熱氣不會跑掉，經過長久才會慢慢冷卻」，因此「鑄件的表面更為光滑美善而得到良好的鑄件，所以有美善、良好的意義。」這是中文系依據《說文解字》的傳統文字學所難以觸及的新世界。

其實，《說文解字》在序言就說：「文字者，經藝之本，王政之始」，其間透露出學術與政治的內在關連，這跟奠基於考古人類學的當代文字學有相當大的差異。所以許進雄說：「我不求聖人的義理，而是試圖接近歷史的真實，目的不太一樣。談歷史，你不能把古人抬出來背書，要在現有的條件之下做出合理的解釋，那才叫作證明。」

一九四一年出生的許進雄，算起來已經七十七歲，該是賦閒在家安享天年的年紀，卻仍是一手教書一手玩 iPad。想來也是緣份，愛玩遊戲的他，就這麼一路玩到現在，或許在等級還沒封頂，故事任務還沒全破以前，他還要繼續玩下去。（原文刊載於二〇一七．十二．七「Openbook 閱讀誌」，經本文作者刪改後刊登）

字字有來頭：文字學家的殷墟筆記 . 6, 人生歷程與信仰篇 / 許進雄作 . -- 初版 . -- 新北市：字畝文化創意出版：遠足文化發行 , 2018.03
面； 公分 . -- (Learning ; 9)
ISBN 978-986-96089-3-0(平裝)
1. 漢字 2. 中國文字

802.2 107003553

Learning009

字字有來頭 文字學家的殷墟筆記 06
人生歷程與信仰篇

作者 許進雄

字畝文化創意有限公司
社長兼總編輯 馮季眉
編輯 戴鈺娟、陳心方
封面設計及繪圖 三人制創
內頁設計及排版 張簡至真

讀書共和國出版集團
社長：郭重興 發行人：曾大福
業務平臺總經理：李雪麗 業務平臺副總經理：李復民
實體書店暨直營網路書店組：林詩富、郭文弘、賴佩瑜、王文賓、周宥騰、范光杰
海外通路組：張鑫峰、林裴瑤 特販組：陳綺瑩、郭文龍
印務部：江域平、黃禮賢、李孟儒

出版 字畝文化創意有限公司
發行 遠足文化事業股份有限公司
地址 231 新北市新店區民權路 108-2 號 9 樓
電話 (02)2218-1417
傳真 (02)8667-1065
電子信箱 service@bookrep.com.tw
網址 www.bookrep.com.tw

法律顧問 華洋法律事務所 蘇文生律師
印製 通南彩色印刷有限公司

2018 年 3 月 28 日初版一刷 2023 年 5 月初版五刷 定價：380 元
ISBN 978-986-96089-3-0 書號：XBLN0009